A NOVA ORDEM

CONSELHO EDITORIAL
Ana Paula Torres Megiani
Eunice Ostrensky
Haroldo Ceravolo Sereza
Joana Monteleone
Maria Luiza Ferreira de Oliveira
Ruy Braga

B. Kucinski

A NOVA ORDEM

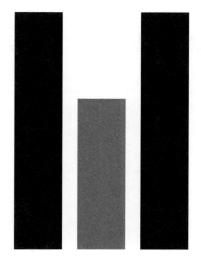

Copyright © 2019 Bernardo Kucinski

Grafia atualizada segundo o Acordo Ortográfico da Língua Portuguesa de 1990, que entrou em vigor no Brasil em 2009.

Edição: Haroldo Ceravolo Sereza
Editora assistente: Danielly de Jesus Teles
Projeto gráfico, diagramação e capa: Danielly de Jesus Teles
Assistente acadêmica: Bruna Marques
Revisão: Alexandra Colontini
Arte da capa: Enio Squeff

CIP-BRASIL. CATALOGAÇÃO NA PUBLICAÇÃO
SINDICATO NACIONAL DOS EDITORES DE LIVROS, RJ

K97n

KUCINSKI, Bernardo
A nova ordem / Bernardo Kucinski. - 1. ed. - São Paulo : Alameda, 2019.
180 p. ; 21 cm.

Inclui bibliografia
ISBN 978-85-7939-605-2

1. Ficção brasileira. 2. Distopia. 3. Ficção Política. I. Título.

19-55694	CDD: 869.3
	CDU: 82-3(81)

ALAMEDA CASA EDITORIAL
Rua 13 de Maio, 353 – Bela Vista
CEP 01327-000 – São Paulo, SP
Tel. (11) 3012-2403
www.alamedaeditorial.com.br

O amor à servidão não pode ser instituído senão
através de uma profunda reconstrução da mente
e do corpo do ser humano.

Aldous Huxley, *Admirável Mundo Novo*

As massas nunca se revoltam por iniciativa
própria e nunca apenas porque são oprimidas;
enquanto não lhes for permitido comparar nem
sequer se darão conta de que são oprimidas.

George Orwell, *1984*

I

A NOVA ORDEM PROCLAMA SEU ADVENTO.
O FECHAMENTO DAS UNIVERSIDADES E A
MORTE DO PENSAMENTO CRÍTICO

Anoitece. Pelas vidraças esburacadas, amplas e inalcançáveis, chega do mar uma brisa refrescante. Os cientistas formam pequenos grupos dispersos no vasto galpão. Antes das privatizações, ali funcionava o almoxarifado do maior estaleiro nacional. Tufos de musgo nos cantos e teias de aranha nas traves denunciam o abandono. No piso de cimento misturam-se areia, folhas secas e pontas de cigarro. Junto à entrada, um grupo mais numeroso aglomera-se como que à espera de um anúncio importante. Os demais, aos poucos, vão se sentando no cimentado. Não se vê uma única mulher. Apesar do desconforto, discutem animadamente, alguns por reencontrarem antigos colegas, outros, envaidecidos por constarem na lista dos mais importantes cientistas do país, segundo um deles ouvira do tenente que o prendera.

— Imagine você que me pegaram no motel, sussurra um deles.

— É que você fala demais, alguém te dedou; e ela, como é que reagiu?

— Ficou assustada, é claro.

Numa roda ao lado discutem política em voz alta.
— Faltou ao Brasil uma revolução burguesa, diz um de cabelos grisalhos, trajando um pesado capote.
— Coutinho, você não está com calor?
— É que na correria só consegui apanhar esse casacão; nem a escova de dentes me deixaram pegar.
— O que você achou dessa tal de ECONEC? Pergunta outro.[1]

---

1   ECONEC ou a *Economia – Neoliberal – Coercitiva* foi implantada pelo Edito 2/2019 da Nova Ordem que extinguiu o Banco Nacional de Desenvolvimento Econômico e Social (BNDES) e os ministérios do Planejamento, de Minas e Energia e da Indústria e Comércio. Seu artigo 2 privatiza empresas estatais, autarquias e bancos; o artigo 3 leiloa as reservas minerais e petrolíferas; o artigo 4 zera alíquotas de importação, e o artigo 5 extingue a Zona Franca de Manaus, a Sudam e a Sudene; o artigo 6 reduz a 10% o Imposto de Renda e elimina a isenção aos detentores de renda baixa; o artigo 7 extingue o Instituto Nacional de Seguridade Social (INSS), estabelece a idade mínima de 80 anos para aposentadoria e substitui o regime único por contas individuais de capitalização; o artigo 8 extingue a estabilidade do servidor público; o artigo 9 extingue o Bolsa Família, os benefícios sociais ao idoso pobre e ao deficiente físico, o Auxílio Doença e o Seguro Defeso (SD); o artigo 10 extingue o sistema S (Senai, Senac, Sebrae e Sesc), o Instituto Brasileiro de Geografia e Estatística (IBGE) e as agências reguladoras.

— Uma bosta.

— Você insiste na ideia da revolução burguesa, desde o Caio Prado ninguém mais endossa isso, nosso capitalismo sempre foi dos mais avançados...

— E a tese do João Miguel? Aliás, onde é que está o João Miguel?

— Acho que não entrou na lista.

— E não tinha mesmo que entrar, intervém outro catedrático. — A tese dele é fraca, veja as usinas de açúcar, nos anos quinhentos já usavam empréstimo bancário, produziam mercadoria de comércio mundial; quer coisa mais avançada do que um engenho de açúcar? E o João Miguel vem falar em capitalismo retardatário...

— Mas a mão de obra era escrava...

— Escrava, mas não feudal! Capitalismo escravista, como disse bem o Gorender. Aqui nunca houve feudalismo, foi sempre trabalho escravo. Por que você pensa que instituíram essa Nova Ordem? Porque os sindicatos estavam pondo as manguinhas de fora! Sindicato é incompatível com trabalho escravo.

— Não tem nada a ver com sindicato, isso tudo é por causa dos utopistas, dos quebra-quebras das agências bancárias.

— Você está confundindo tudo, são os mascarados que estão depredando os bancos, os black blocs, uns desordeiros; os utopistas renegam a violência.
— Mas querem extinguir os bancos, são uns doidos, onde já se viu acabar com o sistema financeiro?
— E onde já se viu obrigar a pessoa a se endividar?
— Não é bem isso o que diz o decreto.[2]
— Como não?! Está lá com todas as letras! Você é obrigado a contrair um empréstimo!
— Me faz lembrar o sistema do barracão nas fazendas de café, o colono estava sempre endividado.

---

2 Trata-se do Édito 3/2019 que obriga todo brasileiro ao completar 18 anos a abrir uma conta bancária denominada Conta-Pessoa, contraindo para tal fim um empréstimo no mesmo banco e agência, denominado Empréstimo-Pessoa de valor não inferior a trinta vezes o da Letra do Tesouro Série N-6; o artigo 2 determina que no casamento a Conta-Pessoa da mulher migra para a do marido; o artigo 3 proíbe a posse de outras contas bancárias; pelo artigo 4 o Empréstimo-Pessoa só pode ser quitado quando o devedor se aposenta ou pelo seu espólio em caso de morte; pelo artigo 5 incide sobre o Empréstimo-Pessoa juros anualizados Selic + 24 pontos percentuais; o artigo 6 extingue o Banco Central passando suas atribuições à Febraban (Federação Brasileira dos Bancos); o artigo 7 define as sanções aos que não abrirem a Conta-Pessoa, entre elas a retenção de salários e a proibição de adquirir ou vender imóveis e de realizar inventário.

— Estou muito aborrecido com a falta da minha escova de dentes.

— Eu também, que situação deplorável.

— Vamos falar com o Fernando, como presidente da Academia ele pode exigir as escovas de dentes; você viu se trouxeram o Fernando? Ele precisa nos arranjar as escovas.

— Não vi o Fernando, não deve estar no Brasil, acho que foi o primeiro a dar no pé.

— Mesmo que tivesse ficado é um cagão, não ia fazer nada!, grita alguém de uma roda ao lado.

Abre-se o portão e surgem mais pessoas. Entre elas está um afamado geneticista, especialista em doenças tropicais. Chega entretido numa conversa animada com o naturalista Pessoa. O naturalista lhe expõe sua suspeita de que o pantanal mato-grossense tornou-se o principal reservatório de reprodução do mosquito da dengue na América do Sul.

O geneticista conta que foi surpreendido no Vale do Jequitinhonha, onde estudava a desnutrição entre crianças quilombolas. De repente baixou lá uma expedição antiquilombo e pôs tudo abaixo. Ao vê-los, junta-se à conversa o chefe do Instituto Butantã, preso em meio à produção da primeira vacina nacional contra a dengue. Os três trabalharam anos juntos na Fiocruz.

— Pessoa, essa descoberta é importante, você acha que é consequência do aquecimento global?

— É a minha hipótese; o problema no Pantanal é a falta de dados, eu tentava localizar um mosteiro de capuchinhos quando me prenderam; consta que mantinham um registro de temperaturas desde 1750. Chega mais um catedrático, um neurocirurgião conhecido por suas revolucionárias próteses do joelho. Tiveram que esperar quatro horas para prendê-lo. Operava um coronel paraquedista que se acidentara num salto de exercício. Chegou de bata branca, ainda com respingos de sangue.

— Alguém viu o Eduardo Jorge?, pergunta, perscrutando o galpão. Ele e o Eduardo foram da mesma turma na Medicina e ficaram amigos.

— Então você não sabe?

— O Eduardo morreu, diz outro cientista.

O médico empalidece.

— Como?! Impossível! Jantei com ele anteontem! De onde é que surgiu isso?

— Eu estava no camburão quando foram pegar o Eduardo. Voltaram dizendo que ele sofreu uma síncope na frente deles.

Faz-se silêncio.

Ao lado, dois senhores, ambos em mangas de camisa, falam de literatura.

— Lessa, você já leu o Englander? Pergunta um deles.

— Englander? Não, nem sei quem é.

— Nathan Englander, é um americano muito engraçado, uma das novelas dele satiriza a liquidação dos escritores judeus na União Soviética.
— Você acha isso engraçado?
— É que juntaram os escritores num galpão parecido com este aqui e um deles conta que foi preso no bordel, o outro, caindo de bêbado, o terceiro na casa da amante, e assim por diante; é muito divertido; os diálogos são surreais porque eles sabem que dali a pouco serão fuzilados e não dão a menor importância.
Ao ouvirem a palavra fuzilados, alguns catedráticos especulam sobre o que lhes pode acontecer.
— Ainda bem que aqui não tem nenhum psicopata como o Stalin, diz um deles.
— Com Stalin ou sem Stalin eles podem fazer o que bem entenderem, diz um catedrático em Direito Constitucional. — Podem até nos fuzilar.
— Impossível! Protesta outro jurista, presidente da OAB.
— Na Nova Ordem tudo é possível, retruca o catedrático.
— Mas isso é fascismo!
— Chame como quiser; eu digo que vivemos um estado excitado do capitalismo que se manifesta sempre que é preciso refrear os avanços do povo.
— Até parece que você está defendendo isso...
— Defendendo, não, tentando entender.

— Esses bandos de mascarados pondo fogo em agências de banco acabaram por fornecer o pretexto, diz o presidente da OAB.
— Como se generais precisassem de pretexto! Foram os primeiros a quebrar a ordem jurídica!
— Seduzidos pelos banqueiros! Quem iria imaginar...
— E nós alguma vez demos atenção aos militares? Alguma vez convidamos os generais para um seminário? Um simpósio? Nós sempre os desprezamos. O resultado é esse aí.
— Você tem toda a razão. Lembrei-me daquela história do Ítalo Calvino, em que os generais ocupam a biblioteca nacional com a missão de expurgar obras não patrióticas e de tanto estudar os livros para decidir se são patrióticos ou não acabam rendendo-se ao pensamento crítico.
— Mas e o final da história? Por que você não conta o final da história? Eu também li o Ítalo Calvino. No final, o general e seus auxiliares são passados para a reserva.
— Você lembrou bem. A formação militar é incompatível com o pensamento crítico. Só a ideia de ser treinado para matar já mostra a estupidez dos exércitos.

Na rodinha ao lado, três senhores sentados no piso de pernas cruzadas conversam calmamente. Um deles, franzino e bem idoso pergunta a outro:

— Você leu o último artigo do Mangabeira? Ele diz que os tribunais são o lugar onde o Estado crucifica os ideais de homem. Quer uma sociedade sem tribunais.

Acho que o Mangabeira endoidou! Igual os utopistas que querem acabar com os Bancos...

— Ou quis nos sacudir...

— Se estivesse aqui, armaria um escândalo; o Mangabeira não deixa nada barato; tirar-nos de casa de pijama, no meio da noite, onde já se viu tamanho desrespeito...

— Eu só lamento não ter concluído meu trabalho sobre a estrela anã, diz um que estava rabiscando fórmulas no piso. — Vou morrer faltando o último capítulo; já estava esboçado, uma pena...

— Morrer!? Você acha que vão nos matar!?

— Não tenho a menor dúvida! Quando quis pegar meus rascunhos o tenente disse que eu não ia mais precisar de papel nenhum.

Noite avançada, o grande portão é outra vez aberto e surge um oficial com patente de coronel, acompanhado de dois soldados. Um deles traz um estrado e o deposita no centro da entrada. O coronel sobe no estrado de mão esquerda na cintura. A direita empunha uma pistola. Os cientistas agrupam-se à sua frente, curiosos. O coronel fala em tom de comando:

— Quando eu descer deste estrado, os senhores vão caminhar ordeiramente, até onde lhes será indicado pelos soldados.
— O que vai acontecer conosco? Pergunta um catedrático ainda jovem, aproximando-se do coronel.
— Quem é o senhor? Pergunta o coronel.
— Sou o reitor da Universidade Federal de Santa Catarina.
— As universidades federais não existem mais, retruca o coronel.[3]

---

[3] O Édito 14/2019 da Nova Ordem do Ensino Superior fundiu os Ministério da Educação da Cultura e do Esporte num só da Formação Moral e Cívica e fechou as universidades federais, ressalvando cursos de economia agrícola e veterinária; o artigo 3 extingue as disciplinas de sociologia e política, psicologia, literatura, história e geografia, antropologia e línguas estrangeiras, exceto o hebraico, e as substituiu pelas de Educação Moral e Cívica, Criacionismo e Estudos Bíblicos; o artigo 4 institui o ensino à distância; o artigo 5 restringe a instituições militares cursos de direito, engenharia, física, química, matemática, biologia, medicina e psiquiatria; o artigo 6 institui as disciplinas obrigatórias Gestão Patriótica e Guerra Psicológica Adversa em cursos para quadros dirigentes: finalmente, o artigo 7 extingue as cotas raciais, os quatro programas de financiamento estudantil do ensino superior (Prouni, Pronatec, Fies e Sisu) e o programa Ciência sem Fronteiras.

E lhe desfere uma coronhada na testa.

Faz-se um silêncio pesado. Logo, os catedráticos começam a se mover devagar, sem entender o porquê da coronhada no reitor que também caminha, sustentado por dois colegas, com sangue a escorrer pelos cabelos. Atingem a beira de um fosso longo e fundo. Numa das margens amontoa-se a terra retirada. Estacionada um pouco além, uma escavadeira de motor ligado e faróis acesos. O manobrista, sentado na cabine, fuma.

Os soldados fazem com que os catedráticos se alinhem ao longo do fosso, do lado oposto ao dos montes de terra. Atrás dos montes, ocultos pela noite, postam-se vinte soldados em fila dupla, metade de pé e metade ajoelhados.

A um comando do coronel, os soldados metralham.

Segundos depois, os mesmos soldados empurram com os pés, para dentro do buraco, os corpos que ficaram fora. O coronel armado de sua pistola, pula para dentro do fosso, percorre os corpos, saltando de um a outro e atira na cabeça dos poucos que ainda se mexem.

II

ANGELINO FILOSOFA SOBRE O DESTINO DOS LIVROS E OS VÁRIOS SIGNIFICADOS DO LIXO. A PROFECIA DOS UTOPISTAS

Angelino joga o corpo sobre os varais para sobrepujar o descomunal peso dos livros. A caçamba se ergue e ele puxa o carrinho, resoluto, em direção do depósito. Hoje, os livros foram tantos que lotaram a caçamba. Tem sido assim desde a implantação da Nova Ordem. Estão botando os livros todos fora. São mais e mais, a cada dia. Centenas. Milhares. Caixas e caixas repletas de livros. Romances. Biografias. Até livros de arte. O decreto deu pouco prazo para não ter mais livro em casa.[4]

---

4 Trata-se do Édito13/2019 da Nova Ordem do Impresso, que cria o Departamento de Preservação dos Valores da Nova Ordem (DEPREVANO) e proíbe a produção, venda e circulação de publicações não aprovadas pelo DEPREVANO. O édito dá prazo de 60 dias para que pessoas e instituições se desfaçam dos impressos produzidos antes, excetuando-se exemplares da Bíblia Sagrada; seu artigo 3 extingue a Fundação Biblioteca Nacional e demais bibliotecas públicas, o artigo 4 dá prazo de 30 dias para gráficas e copiadoras se cadastrarem no DEPREVANO.

É uma carga que sempre o perturba. Faz lembrar a faculdade, os saraus na casa do tio, as leituras com as irmãs. Sente-se tão aviltado quanto os livros, ele próprio atirado ao lixo. A simbologia é forte demais. Dói. E quando aparece um compêndio de engenharia? Ele larga a carroça e passa um tempão sentado na guia da calçada, folheando, comovido. Antes, o Zacarias pagava dois reais por livro de capa bonita e um real pelos demais. Só os comidos de traça e dilacerados iam para a reciclagem. Agora vai tudo para reciclagem, igual papelão e jornal velho, e o Zacarias passou a pagar por peso. Onde já se viu pagar um livro por peso! É o fim do mundo! Vem à sua mente o filme futurista que ele assistiu na faculdade em que os livros eram queimados. Filme profético.

Utopia, lê no topo da pilha. Recorda-se de um debate na faculdade. Posto fora assim, uma pena. Separa. Esse, vai ler. Quando está sóbrio, gosta de ler. E assim, filosofando sobre o extermínio dos livros, Angelino arrasta a carreta rumo ao depósito. Há poucos carros. No cruzamento, duas crianças andrajosas esmolam. Uma delas, uma menina, parece não ter mais que quatro anos. Tem cabelos crespos emaranhados e olhos de espanto. Antes do advento da Nova Ordem, ela por certo estaria na creche da prefeitura. Angelino não se detém no farol vermelho, para que a carreta não arreie. Os carros e seus donos que se fodam. A rua é dele. Os carros podem parar, a carreta, não.

É um fim de tarde quente e poeirento. No canto recuado da Igreja, que ele agora contorna, há manchas de mijo e restos de vômitos. Sente fedor de urina. Garotos fumam crack em todo o comprimento da calçada. Algumas mulheres também. A praça da frente está tomada por desalojados que ali passaram a noite. Por toda a parte há muita sujidade. Não deixa de ser paradoxal, o depósito de lixo limpo e aqui fora tudo sujo. Angelino filosofa: pelo lixo se mede a miséria de um povo. Não tem aparecido nada de valor. Cadê o alumínio? Os canos de ferro? As calhas? As panelas velhas? Nada. Até papelão rareia. Lembra-se do tempo em que descartavam micro-onda, máquina de lavar, geladeira, fogão... até computador. Por qualquer defeito, trocavam. Foi no lixo que o Birobiro encontrou o rádio de carro que ele montou na carroça e funciona a pilha até hoje. Tempo bom aquele. Mas durou pouco.

Veio a Nova Ordem, como eles chamam, e ninguém se desfaz de nada, nem de calhas furadas, temendo não encontrar reposição.

Pelo lixo também dá para contar a história dessa maldita Nova Ordem. O sumiço repentino do papelão. Primeiro, ele pensou que era por causa dos retirantes que chegavam aos magotes depois que o governo decretou o fim do minifúndio. Esse povo montava barracos com papelão e embalagem de leite. Custou ele perceber que não era só isso. É que, com a Nova Ordem, foram fechando as metalúrgicas e, sem produção de fogão, geladeira, ventilador, enfim, essas coisas todas, não precisa de embalagem.

Seu pensamento volta ao estaleiro. A demissão. Foi o início de suas desgraças. No começo ainda controlou. Depois que o filho foi atropelado não deu mais para segurar. Desgraça nunca vêm só.

Ôpa! O que é isso? Angelino encosta a carreta. Um saco plástico estufado, repleto do quê? Enfia a mão. Cartões de banco. Pega um, pega mais um, pega um punhado, em todos, os nomes estão queimados ou raspados. Ele já deu com cartão de banco em lixo, mas nunca um saco cheio deles. O primeiro que achou foi no latão do boteco atrás da igreja, que a turma chama de cu do padre. Vendeu por cinco reais pro Birobiro, que aplicava um golpe igual de bilhete de loteria. Mas, sem o nome e o número, isso tudo não vale um puto de um tostão.

Angelino joga-se sobre os varais e retoma a direção do depósito. Especula se a féria do dia vai dar para o prato feito, a pinga e o café da manhã. Depois que fecharam a cooperativa tem dia que não dá. Maldito édito que fechou as cooperativas.[5] E com essa miséria

---

5   As cooperativas foram fechadas pelo primeiro ato jurídico da Nova Ordem, o Édito 01/2019, de enorme abrangência, que dispõe sobre a Produtividade do Trabalho. Seu artigo primeiro extingue o Ministério do Trabalho e Emprego, a Secretaria de Inspeção do Trabalho, a Secretaria Nacional de Economia Solidária, o Programa Nacional de Erradicação do Trabalho Escravo (PETE),

toda, apareceram mais carroças, e o filho da puta do Zacarias se aproveita. Angelino não se acanha. Dia em que o dinheiro não alcança, ele se estira debaixo da marquise e sempre um passante lhe dá um real ou dois. Às vezes, uma nota de

---

o Programa Nacional de Erradicação do Trabalho Infantil(PETI) o DIEESE e o DIESAT e o Fundo de Amparo ao Trabalhador; o artigo 2 extingue a Justiça do Trabalho e determina o arquivamento dos processos em curso; o artigo 3 declara a caducidade das Leis Trabalhistas, do Estatuto da Empregada Doméstica, do Estatuto do Trabalhador Rural e da Lei do Salário Mínimo; o artigo 4 revoga a estabilidade no emprego do funcionário público; o artigo 5 revoga o capítulo 149 do código penal que punia o trabalho escravo; o artigo 6 abole as associações de servidores públicos, os sindicatos operários e rurais, as cooperativas habitacionais, de crédito e de trabalho, as associações de pescadores e de artesãos, as comissões de fábrica, os clubes de cabos, sargentos e marinheiros, assim como qualquer forma de associação de trabalhadores, artesãos ou militares subalternos; o artigo 7 revoga a Lei 8213/91 que obrigava empresas com 100 ou mais funcionários a preencher de dois a cinco por cento dos seus cargos com pessoas portadoras de deficiência; o artigo 8 cria na Polícia Federal a Delegacia Especializada de Fiscalização da Produtividade do Trabalho; o artigo 9 enquadra infratores na Lei Antiterrorismo (Lei 13.260/2016).

cinco. O pessoal do bairro o conhece. Alguns sabem que ele foi engenheiro.

Seu pensamento retorna ao saco de cartões que ele socou em um vão entre os livros. Súbito, recorda-se de ter lido em algum lugar que era para o povo se desfazer dos cartões de banco. Já no quarteirão do depósito, lembra onde foi que leu: no santinho. Era um Santo Antônio igual os outros, mas em vez da oração tinha uma ordem para destruir os cartões de crédito.

No depósito, ao pesar a carga, exibe o saco repleto de cartões ao Zacarias.
— Olha aí o que eu encontrei.
— Você também?
— Por que eu também?
— Já chegaram quatro desses. Não vale nada, nem como plástico.
— Quatro sacos?
— Cinco, com o teu. Ontem vieram uns soldados num jipão e levaram tudo embora.
— E como é que eles souberam?
— Eu avisei. É do trato.
— Que trato?

— Você não leu o édito? Objeto estranho, tenho que dar parte.⁶

Angelino não diz nada.

Além de explorador, espia.

— Você acha que vai dar confusão? Zacarias pergunta.

Ele sabe que Angelino foi engenheiro, tem diploma. Que virou catador por causa das coisas da vida e da

---

6   Trata-se do édito 4/2019 da Nova Ordem Social, que cria a Agência Nacional de Vigilância Social (ANVISO). Seu artigo 2 determina que zeladores e porteiros de edifícios, vigilantes de quarteirão, capatazes e chefes de turma devem reportar atitudes suspeitas e situações atípicas à ANVISO; o artigo 3 extingue o Ministério dos Direitos Humanos e a Secretaria Nacional da Cidadania e federaliza o combate ao crime organizado; o artigo 4 declara caducos o Estatuto da Criança e do Adolescente (ECA) e o Estatuto do Desarmamento; o artigo 5 introduziu no Código Penal a pena de deportação para moradores de rua reincidentes, o artigo 6 reduz a maioridade penal para 16 anos; o artigo 7 cria o princípio da Exclusão de Ilicitude, popularizada como licença para matar, que impede o indiciamento de Policiais Militares por infrações no exercício de suas funções, mesmo em confrontos com morte; o artigo 8 cria o Termo Circunstanciado, que permite ao agente policial registrar um incidente resultante de abordagem, dispensando o B.O. Respaldada por esse édito, a Policia Federal criou o corpo especial de Atiradores de Elite para abater criminosos.

bebida. Respeita o conhecimento dele, vez ou outra, até consulta.
— Que tipo de confusão?
— Sei lá... E se ninguém mais usar cartão?
— É só usar dinheiro, Zacarias. Você não me paga em dinheiro, uma em cima da outra?
— Mas é uma merreca; imaginou comprando uma geladeira, ter que pagar em dinheiro vivo? O cartão é prático.
— Pois fique sabendo que quatro por cento do que você paga com o cartão vai para os banqueiros sem eles fazerem nada.
— Como assim? Explica isso.
— Ao mesmo tempo que você está comprando a geladeira, você está assumindo uma dívida; os quatro por cento são os juros.
— Quatro por cento não é nada.
— Como não é nada?! Se você compra uma geladeira de dois paus, só na geladeira eles levam oitenta reais, sem fazer nada, só porque você usou o cartão, calcule isso no Brasil inteiro de Norte a Sul. E de onde vêm os quatro por cento? Do teu bolso. Tá embutido no preço.
— Não tinha pensado nisso... De Norte a Sul, sem fazer nada...
— É um serviço que eles tomaram do Banco Central para forçar você a se endividar.
— Onde é que você aprendeu tudo isso?
— Eu leio. Sou catador, mas não sou ignorante.

— O pior é que até comprar pelo celular tá complicado, nem WhatsApp tem mais.[7] Zacarias tira um maço de notas do bolso, conta trinta reais e paga Angelino.

— Só trinta, Zacarias?

— Você sabe muito bem que isso tudo vai virar papel higiênico, vai servir para limpar a bunda; e dê graças a Deus que tem tanto livro...

— Graças a Deus por quê, Zacarias? Você é contra os livros?

— Não sou contra nem a favor. Mas é o que sobrou pra gente trabalhar, os livros, as latinhas de cerveja e

---

[7] O Édito 9/2019, que cria a Agencia Nacional de Vigilância Digital (ANVID), veda o acesso às mídias sociais e determina que plataformas de compras pela internet devem obter aprovação da ANVID; o artigo 3 do édito proíbe sites, blogs e jornais digitais informativos e de entretenimento, exceto os de gênero Gospel e de esportes; o artigo 4 cria o site Nova Ordem; o artigo 5 obriga todo portador de celular a adotar o aplicativo Nova Ordem, para receber automaticamente instruções e alertas da ANVID; o artigo 6 autoriza a ANVID a requisitar dados pessoais mensagens e registros biométricos de bancos, operadoras de telefonia e concessionárias de serviços públicos e a compartilhar esses dados com outros órgãos da Nova Ordem; o artigo 7 enquadra os infratores da Nova Ordem Digital na Lei Antiterrorismo (Lei 13.260/2016).

um ou outro papel. Nem jornal velho tem mais, só o do governo, até o papelão sumiu.

No topo da gigantesca caçamba, o garoto Iberê, ajudante do depósito, está aspergindo água, para forçar a carga a baixar. Angelino fecha a torneira da mangueira, apoia uma escada na caçamba e, depois de muito remexer lá em cima, apanha um cartão de tamanho diminuto. Pensa mostrar ao Zacarias, mas muda de ideia. O cara tem parte com a polícia.

Angelino senta-se num canto para não chamar atenção dos catadores que vem chegando um após o outro, suas carroças repletas de livros. Numa face do cartãozinho está a imagem colorida de Santo Antônio segurando no colo o menino Jesus, na outra, em vez da prece com os dez pedidos, está a exortação em letras miudinhas, quase como se escondendo.

O reino da Igualdade está chegando.
A nova ordem tem seus dias contados
Deus não criou a Terra para alguns
Deus criou a Terra para todos
Os bancos têm parte com o maligno
Afasta-te dos bancos
Afasta-te da nova ordem
Fecha tua conta bancária
Liberta-te da dívida
Livra-te dos teus cartões de banco
Nenhum homem pode ser escravo de outro homem

Angelino enfia o santinho no bolso, retorna aos livros despejados e cata o da Utopia. Ideia genial essa de acabar com os cartões de banco. E, assim, ainda falando consigo mesmo, sai do depósito empurrando, menos desanimado, a carroça, agora vazia. Hoje só vou tomar uma ou duas, decide. Preciso ler esse livro de cabeça fresca.

III.

O PESADELO DO CAPITÃO MÉDICO ARIOVALDO E
SEU ESTALO PERANTE A FREIRA DESMAIADA.
O MISTÉRIO DOS SANTINHOS

Ariovaldo desperta em sobressalto, a testa porejando, a boca seca. Sonhou que estava sendo torturado. No pesadelo, o Nava calcava o eletrodo, o Lucas girava a manivela e o major Humberto gritava: Quem te deu o gabarito? Quem te deu o gabarito? A cada volta da manivela, elevavam a voz e a tensão. Quando a descarga atingiu os testículos, ele urrou. Depois balbuciou, tenente Fernandes... Tenente Fernandes, foi o tenente Fernandes que me deu o gabarito.
À mesa do café, a mulher perguntou:
— Ariovaldo, você gritou no meio da noite. Foi pesadelo?
— Acho que sim. Só lembro que gritei, não me lembro de mais nada.
Mentira. Ariovaldo lembra-se de tudo. Do pesadelo e da sessão com a freira utopista, que foi o que provocou o pesadelo. Só que a freira não abriu, chegou a murmurar um nome, porém inaudível, talvez nem fosse nome, mas sim uma prece. Depois, não falou mais nada. Fechou-se. Essa gente é um problema. Gostam de sofrer. Buscam o martírio.

Os santinhos saíam do orfanato. Sobre isso não havia dúvida. O informe era categórico. Mas de onde vinham se nem o orfanato nem o convento tinham impressora? Alguém trazia. Quem? De onde? Esmagar os utopistas é prioridade absoluta da Nova Ordem. Como explicar o pesadelo à Marilda, se ela não sabe nada do que ele faz? Sonho estranho. Confessar que colou na prova e ainda entregar o Fernando. A caminho da fábrica, o pesadelo o persegue. Absorto, não desvia a tempo do magote de crianças que esmolam no cruzamento e pega uma de raspão. Pivetes de merda, pragueja, sem deter o carro. Precisamos acabar com isso. Logo volta a pensar no pesadelo. Será remorso por ter colado na prova? Não. Na Escola de Comando e Estado Maior todos colam. Ou sente culpa por supliciar uma religiosa? Não e não. Ele apenas cumpre sua missão, que de certo modo é até humanitária. Impedir que aquilo vire um matadouro. Tentar dar racionalidade ao processo de extração de informação.

Também não sente prazer quando penduram mulher, feito o Lucas e o Nava. No primeiro dia assistiu e à noite deu problema com a Marilda. Agora, evita. Só intervém se periga perderem o controle. Esse Lucas é um sádico. O Nava é um degenerado. Consta que ao ser contratado tinha mais de quarenta estupros nas costas. Como é que pode?

Seu pensamento volta ao pesadelo. Todo sonho é uma charada. Lembra-se do rumor da véspera. O Estado

Maior está montando a lista das promoções. Foi pela promoção que ele colou na prova. Deve ser essa a mensagem; se no sonho ele revela a artimanha que lhe deu o primeiro lugar na prova, uma nova artimanha poderia lhe dar o primeiro lugar na lista das promoções.

Ainda imerso no enigma do pesadelo, Ariovaldo estaciona o carro, atravessa a vasta e deserta oficina, que separa o quartel da abandonada fábrica de carrocerias, para saber o resultado do interrogatório da freira. Encontra a religiosa desacordada. O Lucas aplicara de novo um 220 nos seios e ela desmaiara. Foi então que, ao se debruçar sobre ela, Ariovaldo teve o estalo: se ele, Ariovaldo, revelara em sonho seu segredo mais bem guardado, o de ter colado na prova, e ainda delatara o amigo, por que não aplicar o mesmo método nos interrogatórios? Por que não induzir o utopista a sonhar e em seguida capturar o conteúdo dos seus sonhos?

Desde a mais remota antiguidade o homem desejou compreender os sonhos para lhes dar a alguma utilidade. Pois ele faria isso, usaria o sonho do utopista preso para chegar aos seus cúmplices de subversão. Parece difícil, fantasioso até, mas, se conseguir, terá a promoção assegurada. Dirige-se à sua sala, excitado pela ideia da captura dos sonhos. Sente retornar o fascínio pelos fenômenos paranormais. Rememora sua primeira militância, na cientologia, as sessões em que reviviam eventos dolorosos do passado para se libertarem de traumas. As noites de céu claro, quando passava horas na observação de objetos não identificados. Trocara a ciência pela farda por exigência da Marilda.

Senta-se à escrivaninha, apanha uma folha de papel e, metódico, divide o problema da captura do sonho em etapas. A primeira consiste em apoiar o processo natural de toda pessoa de enterrar bem fundo no inconsciente o que não suporta saber. Deve ser possível levar a isso calibrando os suplícios. Claro que é preciso muita experimentação para definir a intensidade de cada dose e seu escalonamento.

Numa segunda fase, em vez de infligir mais dor, sem limites, deixando-se levar pelo sadismo ou pelo ódio, como faz o Lucas, e fazem todos eles, interrompe-se tudo e induz-se o preso a sonhar. Em seguida capta-se o conteúdo manifesto do sonho. Esse é o problema realmente difícil, quase insolúvel. Como capturar um sonho? O capitão Ariovaldo é médico psiquiatra e sabe que isso nunca foi feito, nem pelos métodos convencionais nem pela mediunidade. Quer que montem logo o laboratório. O projeto está pronto. O major diz que é preciso esperar o termino da operação Cátedra. É para ela que compilaram as listas em ritmo de urgência. Ariovaldo passa o resto do dia obcecado pela ideia da captura do sonho.

IV.

MARILDA RECORDA A INFÂNCIA ENQUANTO
AGUARDA GERMANA; AFASTA A NOSTALGIA
SUSPIRANDO PELO GENERAL FAGUNDES

Marilda mata o tempo espanando as fotografias. Hoje é dia de free-shop com a Germana.[8] Gosta de ir às compras com a mulher do general. A Germana é como ela, aproveita a vida. Usufrui cada momento. Combinam em tudo. Desde que começou a Nova Ordem ficaram amigas. A Germana também se ressen-

---

[8] Os free-shops foram criados pelo Édito 19/2019 da Nova Ordem Comercial para abastecer magistrados, oficiais superiores, membros do corpo diplomático, empresários autorizados pela ANVISO e respectivas esposas. Além de cosméticos, eletroeletrônicos, vestimentas e outros itens de grife, vendem iguarias estrangeiras e alimentos frescos. A exemplo dos free-shops de aeroportos, não pagam imposto de circulação de mercadorias (IPVA) e permitem transações em dólar americano e euro. O artigo 2 do édito revoga a Lei 1390/51 contra a discriminação racial (Lei Afonso Arinos); o artigo 3 permite que shoppings, hotéis, pousadas, bares e restaurantes rejeitem clientes por livre arbítrio e autoriza para tal fim o uso moderado de força física.

-te das ausências do marido. O general Fagundes fica mais em Brasília do que em São Paulo. E está sempre estressado, diz ela. Igual o Ariovaldo. Muito estranha essa Nova Ordem.

A Germana ficou de apanhá-la de carro. Ainda falta meia hora. Ao contemplar uma fotografia dos irmãos formando duas escadinhas é tomada de nostalgia. Senta-se no sofá e com o porta-retratos na mão se põe a recordar. Eram doze, fora dois que não vingaram; tantos que Marilda confunde os que já eram adultos quando ela nasceu. E não lembra nada da irmã mais velha, que virou freira antes de tirarem essa fotografia. Nem do seu rosto. Só a viu uma vez e recorda vagamente que era alta, de cabelos negros e pele muito branca. Falavam que era muito bonita.

Ela tinha quatro anos quando a Maria Aparecida entrou na Congregação das Irmãs da Imaculata. O Antônio também virou religioso por influência da mãe. Ela dizia que toda família tinha que dar um filho à Igreja, e a dela tinha que dar dois porque eram muitos. A maior glória para a mãe era ter um filho sagrado bispo. Mas o Antônio continua frade até hoje, franciscano e humilde. Através dele, a família ficou sabendo que a Cida se tornara madre superiora, dirigia um orfanato e vivia em clausura. Parece que mudou até de nome.

Como é possível dirigir um orfanato em regime de clausura? Marilda dá tratos à bola. Pensa nessa irmã, que mal conheceu, como um desperdício. Mulher feia é que devia ser freira. Um mistério, ela ter decidido se consagrar. O que será que aconteceu? E mudar de nome... pelo menos o orfanato não é desperdício. O olhar de Marilda se detém no menorzinho da foto, o Francisco, o caçula que virou soldado. Nasceu quatro anos depois dela. Eram como unha e carne. Assim que começou a Nova Ordem nunca mais viu o Chiquinho. Onde será que ele anda? Sente falta do Chiquinho. Carregava ele no colo como se fosse filho. Marilda sempre teve vocação de mãe. Quantas vezes pensou em adotar? O Ariovaldo se opõe, diz que se não tiveram filhos é porque a natureza não quis. Outros dizem que é porque Deus não quis, mas o Ariovaldo não fala em Deus, tem essa obsessão com a ciência. Devia ser cientista, não militar. Ele diz que se não fosse a farda, eu não teria namorado ele. Isso é verdade; não resisto a uma farda.

Quando será que o general vem a São Paulo? Vou perguntar à Germana, assim como quem não quer nada. Tenho que me cuidar é do major Humberto, mas sem ofender. Afinal, ele é o chefe do Ariovaldo. É verdade que ele tem um certo garbo. Mas para que um major se eu tenho o general? Não gostei da insinuação dele na festa. Até parece que ele sabe... bem, os dois servem nessa tal fábrica cheia de mistérios. Mas o Ariovaldo nunca ia admitir para um colega de farda... até porque foram só duas vezes. É o stress. Vai ver, o major Humberto também brocha, já que trabalham juntos. É isso, estava jogando verde para colher maduro. Anda brochando e queria saber do Ariovaldo. Ainda bem que ela fingiu que não ouviu. Súbito, Marilda acha graça. Para um conquistador compulsivo deve ser uma tragédia... não tem uma que ele não deu em cima, todas no prédio dizem isso. Simpático ele é, nem parece militar. Mas, muito magro, a farda sobrando... parece um poste.

Ah! O general Fagundes, esse sim é um pão. Marilda suspira. Aquele bigodão à moda antiga, o peito estufado de medalhas, tão novo e já general. E como ele dança... não sei o que ele viu na Germana. O que estraga é o nome, Fagundes... os pais deviam pensar melhor; nesse aspecto a mãe agiu bem, os homens todos têm nomes de santos, fora o Angelino, que não é nome de santo, mas tem a ver, vem de anjo. As mulheres têm nomes de Maria, fora o meu, que é parecido, Marilda. Acho que depois da última Maria, que foi a Maria de Lurdes, a mãe enjoou.

Também, doze filhos! Era um por ano, sem intervalo. Só parou quando o pai caiu da escada e Deus o levou. Chegaram a fofocar que a mãe se cansou de tanto parto e rogou praga. Gente maldosa. Falaram até coisa pior. Pensando bem, a mãe foi boa com todos e por igual. Se alguém perguntava de qual deles ela gostava mais, ela dizia: como é possível perguntar isso? Eu tenho só um Antônio, só um Francisco, só uma Marilda, só uma Cida. Recitava os nomes de todos eles, a escadinha toda, e depois de cada nome ela dizia: esse é bom por causa disso, esse é por causa daquilo. Falava das qualidades. De mim ela dizia que eu era carinhosa. Sou mesmo. Pena que o Ariovaldo ande tão estressado. Quando a mãe falava do Angelino, dizia esse é o mais inteligente. E era mesmo. O único que fez faculdade. Uma pena, um engenheiro, acabar como acabou. De todos, só sinto falta mesmo do Chiquinho e do Angelino. Sempre que o Angelino voltava da faculdade me trazia um presente. O Ariovaldo não gosta que eu fale do Angelino. Diz que é a vergonha da família. Como se ele ligasse para família. Às vezes, chego a pensar que o Ariovaldo é desprovido de sentimentos.

Vai ver essa promoção que não sai é que está fazendo ele brochar. Já falei que tem que ter um padrinho. Todas no prédio dizem isso. Sem um padrinho de quatro estrelas não tem promoção. Vou falar com o Fagundes. Na próxima festinha pego de novo o Fagundes. Vou até inventar um apelido carinhoso. Onde já se viu, Fagundes. Ai, meu Deus, a campainha. Deve ser a Germana. Onde será que pus o meu crachá? Combinei de esperar na porta porque aqui na

Pamplona se parar um minuto já vem multa. Que idiotice, essa ordem de usar crachá?[9]

---

9 O Édito 12/2019 da Nova Ordem Comportamental obriga toda pessoa com 12 anos ou mais de idade a portar um crachá de identificação no lado esquerdo da parte frontal superior de sua vestimenta. Os artigos 2, 3 e 4 detalham as dimensões do crachá, as formas de abreviação de nomes longos ou esdrúxulos; o artigo 5 dispensa do crachá os agentes de segurança, artistas de cinema, teatro e televisão quando em cena, modelos durante desfiles de moda e veranistas e desportistas quando em trajes de banho; o artigo 6 proíbe às mulheres o uso de calças justas e mini-saias; o artigo 7 proíbe os bailes funk, as gafieiras e as baladas; o artigo 8 declara ilegais as sociedades secretas, inclusive a maçonaria, e os terreiros de candomblé; o artigo 9 abole o Carnaval e os feriados de 1º de maio (dia do Trabalho) e 20 de novembro (dia da Consciência Negra); o artigo 10 modifica a denominação do feriado de 12 de outubro (Dia da Nossa Senhora da Aparecida) para Dia da Família. O artigo 11 revoga a Lei 11340/06 (Lei Maria da Penha), a Lei 11343/2006 (Lei da Droga) e extingue as Delegacias da Mulher e a RAPS (Rede de Atendimento Psicossocial); o artigo 12 declara o aborto Crime Hediondo dobrando as penalidades previstas nos artigos 124, 126 e 127 e 128 do Código Penal aos que o praticarem.

V.

ARIOVALDO EXPLORA MODOS DE
PENETRAR NO INCONSCIENTE DO PRESO.
O SORO DA VERDADE

Ariovaldo e Marilda jantam sem se falar. Nos últimos dias tem sido assim. Marilda distrai-se vendo sem muito interesse a série da tevê sobre uma seita anticristã de vestes vermelhas que sacrifica criancinhas num ritual macabro. Ariovaldo medita. Está obcecado pela ideia da captura do conteúdo de um sonho. Findo o jantar, tranca-se no escritório e busca na estante seus livros de psicanálise e de cientologia.

A cientologia divide a mente humana em duas partes, a reativa, que absorve a dor, e a analítica, responsável pela consciência. A reativa armazena memórias inacessíveis à mente analítica, ou seja, inconscientes. Nos sonhos muitas delas rompem a barreira do inconsciente. São essas memórias que é preciso capturar. Freud diz a mesma coisa com outras palavras. Penetrar no inconsciente. É disso que se trata.

A solução natural consiste em fazer o utopista relatar seu sonho a um psicanalista. Mas como? Simulando um tratamento? Não, nessa eles não caem. São espertos. Mesmo se fosse possível, análise é processo demorado. Não atende o requisito da rapidez. Na hipnose, sim, a resposta vem em poucos minutos, raciocina Ariovaldo. Ou numa sessão mediúnica. Mas hipnose faz retornar um episódio vivido. Faria retornar um sonho? Seria preciso experimentar. E na sessão mediúnica são os mortos que falam, parentes, pai, mãe... consortes. Será que utopistas mortos visitariam o companheiro preso? Mesmo que visitassem, o preso não participaria voluntariamente... teria que ser forçado. Ah! Que falta faz o laboratório... O soro da verdade derruba as barreiras do consciente. Derrubaria também as do inconsciente? É preciso pesquisar, conclui Ariovaldo. Além disso, o pentotal é falível. A madre mal balbuciou um nome e desmaiou. Outros nem sentem nada. O utopista da semana passada passou a falar como caipira. O Lucas acreditou. O Nava também. Era farsa. O cara estava fazendo teatro. Mas deve ser possível aperfeiçoar o pentotal.

    Ariovaldo pula célere de uma hipótese de trabalho a outra. Súbito lhe ocorre que para ações de longo prazo, sim, poderia se valer da psicanálise. Por exemplo, na reconstituição de episódios ainda obscuros da subversão utopística. Ou na identificação de utopistas vulneráveis ao aliciamento. A infiltração era prioridade do comando. A mente de Ariovaldo dispara na sucessão de ideias. Poderíamos forçar certos psicanalistas a trabalharem para nós. Ou montar nossos próprios consultórios. Criar o psicanalista-informante. Um no Rio, outro em São Paulo.

    Exultante, Ariovaldo anota as ideias no caderno que separou para o projeto dos sonhos. Na capa escreve:

A Captura dos Sonhos. Capitão-médico Ariovaldo dos Santos Alves. Só o plano do psicanalista informante já vale uma promoção. Uma ideia tão óbvia e de execução tão simples... como é que ninguém pensou nela antes? Deve ser porque nem estão mais pensando. Tornaram-se viciados em supliciar. O Nava chega a babar. No dia em que não tem preso novo fica inquieto. Passa das duas da madrugada quando Ariovaldo começa a escrever um roteiro para expor ao major Humberto. É bom mostrar iniciativa enquanto montam a lista de promoções. Fará com que o major se sinta coautor do projeto. Isso também ajuda. Ambicioso como ele é... por certo vai se exibir ao Fagundes quando o general vier a São Paulo na sexta.

VI.

ARIOVALDO RECORRE À TEORIA DOS
REFLEXOS CONDICIONADOS DE PAVLOV.
MARILDA TORCE PELA PROMOÇÃO.
O ESTUPRO DA FREIRA

No café da manhã, Marilda nota as olheiras de Ariovaldo.

— Benzinho, você passou a noite em claro?

— Uma parte... é que tive uma ideia genial, um plano que vai que vai garantir a promoção.

Marilda torce pela promoção. Não é fácil ser mulher de capitão. Não param dois anos na mesma cidade. Com patente de major melhora bastante; ganham ordenança e moradia de oficial superior. Ah! É outra vida... Enquanto Marilda sonha com as benesses de uma promoção, o Duque se aproxima. É um Labrador de pelo bege. O cão apoia as patas na mesa. Para contê-lo ela comanda com determinação:

— Senta, Duque, senta.

O cão recua e senta-se, obediente, nas patas traseiras, o focinho esticado, expectante. Ela o premia com uma fatia de queijo. Ariovaldo observa compenetrado. Mais uma ideia. Os reflexos condicionados. O cão obedece porque sabe que será gratificado. Está condicionado. Se obedecer, ganha um petisco, se desobedecer, não ganha nada. O genial Pavlov. Por que não pensei nisso antes?

No trajeto à fábrica, Ariovaldo repassa mentalmente as ideias do Pavlov. O suplício não deixa de ser uma aplicação do princípio do reflexo condicionado, só que sem método, sem acompanhamento, sem critérios. O prisioneiro sabe que se não falar será supliciado, mas não sabe se falando será poupado. Pode acontecer de falar e apanhar mais ainda por desconfiarem que não falou tudo o que sabe. Está errado. Não pode haver confusão entre a expectativa de prêmio e a de castigo, caso contrário não se forma o reflexo condicionado. A movimentação é mais intensa que a usual no pátio do quartel. Ao se dirigir ao comando, Ariovaldo percebe mudanças. Sentinelas na porta do gabinete do major. Ordenanças entram e saem apressados. Quase em seguida soa o toque de reunião. Ariovaldo se dirige ao cassino dos oficiais, onde muitos já estão concentrados. Nota, no caminho, que a passagem para o galpão da fábrica está bloqueada por dois praças.

Poucos minutos depois o major Humberto sobe no pódio e anuncia o êxito da primeira fase da operação Cátedra. Foram identificados e liquidados os principais formuladores do pensamento crítico e os chefes do Instituto Butantã e de Manguinhos. Diz que os trabalhos da fábrica, em especial a compilação das listas, foram essenciais ao sucesso da operação, o que abre amplos horizontes de trabalho para todos. Nossa tarefa, agora, acrescenta o major, é desbaratar a subversão utopística. Defender o sistema financeiro é um dos objetivos nacionais permanentes da Nova Ordem.

À tardinha, Ariovaldo recebe ligação do Lucas. A freira dera um endereço frio. Outra deficiência da fábrica. O utopista é treinado a dar ponto falso. Descoberto o logro, perdeu-se um tempo precioso. Tudo errado. Falta metodologia. O suplício acaba sendo um fim em si mesmo. Antes de desligar, Lucas revela, baixando a voz, que na confusão o Nava estuprou a freira.

VII.

O GENERAL FAGUNDES CELEBRA O
DESBARATAMENTO DA SUBVERSÃO.
O EXTERMÍNIO DOS UTOPISTAS CAPTURADOS

Brasília amanheceu de céu limpo. Será mais um dia de canícula e secura extrema. Do perímetro verde, onde se agrupam os comandos militares e as centrais de inteligência, jipes e caminhões partem velozes em todas as direções levando soldados. É o segundo dia da operação Quimera, concebida para aniquilar a subversão utopística.[10] Da ampla janela da sala de reuniões do Estado Maior, o General Lindoso Fagundes acompanha satisfeito a movimentação, cofiando seu espesso bigode, cultivado ao estilo dos seus dois ídolos, o general Augusto Pinochet e o marechal Josef Stalin. Para Lindoso, cada um a seu modo exerceu o poder supremo, o de ditar quem pode viver e quem deve morrer.

---

10 No Estado Maior houve debates sobre a designação correta do movimento subversivo. Deveria ser "revolução utópica", "revolução utopista" ou revolução utopística"? Foi descartado o adjetivo "utópica" por sua conotação de movimento fantasioso, sem nenhum perigo e fixado o adjetivo substantivado "utopista" para designar a pessoa subversiva e o adjetivo "utopístico" para o movimento.

Os relatórios que lhe chegam são tranquilizadores. Os utopistas foram apreendidos na cama, de pijamas. Muitos de seus simpatizantes, também. Os do Sudeste estão recolhidos em navios ancorados em Santos e na Guanabara. Os do Sul, no Quartel de Santa Maria; os de Belém, Recife e todo o Nordeste seguem para Fernando de Noronha.

O fator surpresa foi determinante, como ensina Clausewitz. O grande estrategista referia-se a um inimigo externo, mas suas ideias geniais aplicam-se melhor ainda ao inimigo interno, insidioso, porque se mistura à população.Um inimigo que se faz invisível e traiçoeiro, agindo com baixa intensidade, porém alta sofisticação, o general Fagundes não se cansa de repetir a si mesmo e a seus subordinados.

Ah, se fosse uma guerra convencional. Mas não. Os utopistas são pessoas comuns. Indistinguíveis. E não se expõe, são espertos, sutis, não praticam violência. Muito diferentes dos black blocs que depredavam bancos, mascarados e vestidos de preto, fáceis de serem abatidos. A maioria dos utopistas são estudantes, filhinhos de papai. Outra categoria é a dos artistas e intelectuais que os apoiam sem, no entanto, romper os laços com as instituições. Cada um deles foi identificado e localizado. Poucos escaparam, os que se embrenharam na mata ou que estavam em trânsito. Talvez uns dez por cento, conclui o general, ao ler os relatórios.

O general rememora os meses de preparação, cruzando os nomes dos que recusaram empréstimo bancário com matrículas escolares e as contas de luz e de água. Nunca as Forças Armadas demonstraram tal eficiência, ele avalia. E a um custo baixo. As empresas cederam os dados sem cobrar um tostão. Só tiveram que pagar pelo software israelense que identifica subversivos e gays pelo rastreio de palavras chaves trocadas pelo WhatsApp.

O general volta-se para a longa mesa em torno da qual estão reunidos os oito generais de quatro estrelas, oito brigadeiros e oito almirantes de esquadra que compõem o Alto Comando da Nova Ordem. Como oficial mais antigo e da maior arma, Lindoso Fagundes coordena o Alto Comando. Embora a patente de marechal tenha sido extinta há décadas, é assim que ele se sente, dando ordens a generais. Stalin era Marechal da União Soviética, Pinochet tinha cinco estrelas. Ele é o Augusto Pinochet da Nova Ordem.

Por motivos táticos, modera seu otimismo.

— Senhores, posso informar que a operação Quimera transcorre de modo satisfatório. O inimigo foi surpreendido. Temos, em decorrência, cerca de dez mil prisioneiros, mantidos nos locais predeterminados. O objetivo desta reunião é decidir o que fazer com eles. Evidentemente não podemos mantê-los, não só por razões de logística, também de segurança. Capitão Gonçalves, apresente o plano.

Um oficial jovem, da arma da cavalaria, sobe ao pódio
— Os americanos nos ofereceram a Ricina, é uma dioxina poderosa, bastam 3 miligramas para matar um adulto. E não há riscos na manipulação, ao contrário do polônio e do antrax, que também foram cogitados. Mas nos faltam instalações adequadas para dar fim aos corpos. A alternativa mais prática, discreta e barata é o mar. Nem é preciso envenenar, basta anestesiar. Ainda temos as instruções recebidas dos chilenos nos idos gloriosos, mas era preciso testar em águas brasileiras. Fizemos o teste com seis corpos, leves e pesados. Largados a 300 milhas náuticas da costa do nosso litoral Sul. A partir do Paraná, nenhum retornou ao continente. Amarraremos um lastro em cada corpo para impedir que flutuem e sejam avistados por alguma embarcação.

— Quantos aviões serão necessários? Pergunta o general Epaminondas.

Quem responde é o General-Brigadeiro Feitosa, o mais antigo do corpo de brigadeiros.

— Dez Hercules, fazendo duas decolagens por dia. Em seis dias é possível dispor de seis mil corpos. Não é conveniente prolongar. Talvez um dia mais, se houver mau tempo.

O capitão sinaliza a uma operadora no fundo da sala, que acessa um power-point, e retoma explicação:

— Senhores, como podem ver pelo gráfico, cruzando os dados do patrimônio familiar com a ideologia do pai, identificamos um grupo de 2.000 utopistas filhos de famílias ricas para os quais propomos um programa de reeducação, tendo em vista a importância dessas linhagens na manutenção da nossa estrutura de dominação social e controle da terra.

— Um momento! Interrompe o almirante Euclides — É preciso punir também os filhos das elites, para que seus pais e principalmente seus irmãos entendam do que se trata! Afinal, eles traíram sua classe, o que não se pode dizer dos demais.

— Perfeitamente, almirante, para esse fim, separamos um outro grupo, de 500 utopistas filhos dessas famílias com mais de 24 anos e formados em ciências sociais ou filosofia. Avaliamos que são irrecuperáveis e mais úteis abatidos. Damos um forte recado, como diz o almirante Euclides, e demonstramos equidade.

— Em que se baseia a avaliação de que os 2.000 podem ser recuperados? Insiste o almirante Euclides.

O capitão Gonçalves parece se empolgar com a pergunta, que lhe dá a oportunidade de exibir conhecimentos amplos:

— Baseia-se na constatação de uma diferença significativa entre utopistas das classes médias e os de famílias tradicionais. Os da classe média, especialmente da baixa classe média, têm estrutura psíquica semelhante à do criminoso comum, são movidos pela frustração e a inveja dos que possuem mais, ao passo que os nascidos em famílias tradicionais rebelam-se contra a autoridade do Estado, que para eles tem significação análoga à da autoridade paterna, em especial, porque estamos falando de famílias patriarcais.

— Rebelam-se contra o Estado como se fosse contra o pai?

— Exatamente, almirante. A raiz do delito político do utopista de família rica é edipiana; o poder do pai, que ele substitui pelo poder do Estado, precisa ser destruído pela ação revolucionária, para que a pátria, que ele identifica com a mãe, seja possuída.

Murmúrios de admiração percorrem a mesa.

— Além disso, volta a falar o capitão Gonçalves, concluímos que era de vital importância regenerá-los porque a dominação oligárquica exige não só a hereditariedade biológica, também a de ideias e valores.

— E como regenerá-los?, insiste o almirante.

— Fazendo com que entendam a origem de sua rebeldia e reconheçam sua identidade de classe. Essa é a base da operação Reabilitação. Serão transferidos para dois campos que estão sendo erguidos, um nas Agulhas Negras e outro nos Afonsos, e submetidos a um programa intensivo de modelagem cerebral.

— Pelas minhas contas ainda falta solução para cerca de dois mil utopistas, observa o general Epaminondas.

O capitão Gonçalves retoma a palavra:

— São os detidos em pequenos grupos, em lugares remotos. Para esses, temos a experiência exitosa da Operação Cátedra. Covas de três metros de profundidade por três de largura, fáceis de serem abertas por escavadeiras que os empresários nos cederam. Cada cova abriga até três camadas de corpos e não há limite de extensão. As empreiteiras tocam obras em todo o país. Isso nos facilita muito. Sobram utopistas isolados que podem ser enterrados em cemitérios locais, como indigentes, ou incinerados em fornalhas de usinas de açúcar.

Os oficiais generais entreolham-se impressionados pela amplitude e detalhamento do plano. Batem na mesa com seus lápis, em sinal de aprovação. A um sinal do General Fagundes o capitão desce do pódio e a reunião é encerrada. Na saída, o general Epaminondas se aproxima do general Fagundes e pergunta à meia voz:

— E os padres? Você não falou dos padres utopistas.

— Epaminondas, omiti de propósito. Com a Igreja é preciso cuidado redobrado. Nós temos uma tradição de 200 anos, eles têm de dois mil anos.

E baixando mais ainda voz ele acrescenta:

— Chama-se operação Capela, código 27, nada por escrito, tudo verbal, igual fizemos com os gays.

Bate uma displicente continência e apressa o passo para pegar o jatinho da FAB que o levará a São Paulo. Vai ter uma festinha no Clube Militar e ele tem a certeza de que a Marilda vai estar.

VIII.

O PROTOCOLO DO SUPLÍCIO POR ETAPAS DISTINTAS.
A GENIAL IDEIA DO PSICANALISTA INFORMANTE.
A MORTE DA FREIRA

Ariovaldo antecipa a volta para casa. Sabe que Marilda não vai estar – é dia de free-shop com a mulher do general – e sente alívio. Quer sossego para trabalhar. Acumulou muitas ideias que precisa sistematizar. Devora uma coxa fria de frango e tranca-se no escritório. Horas depois Marilda bate delicadamente na porta e ele diz que está trabalhando e não quer ser incomodado. Já jantei, grita. Atravessa a noite imerso no protocolo de interrogatórios, que chama de plano Alfa. Haverá etapas bem demarcadas. Esgotada uma sem sucesso, passa-se à seguinte. Cada etapa terá um nível definido de suplício e se dará em sala própria. O preso receberá a explicação detalhada das etapas acompanhada de projeções de suplícios, gravados em interrogatórios anteriores. Conhecerá de antemão o horror que o espera se não falar. Só assim se instila o medo, pré-condição para o reflexo condicionado. Usar o pavor ao suplicio, mais do que o próprio suplício, essa é a filosofia do protocolo.

Se após a exposição dos horrores o preso não falar, iniciam-se as etapas propriamente. Na primeira, receberá uma injeção do soro da verdade. Se revelar tudo o que sabe será premiado com o fim das etapas, transferência para a cadeia e processo judicial. Se não falar, punição em vez de premiação, passagem para a etapa seguinte: o choque nos genitais. Na etapa três, o estupro se for mulher, empalação se for homem. Na quarta, o suplício de familiares. A execução simulada se dará na quinta e última etapa. Frente a essa ameaça, mesmo os mais fanáticos sucumbem. Sobreviver é o desejo dominante de todo indivíduo, diz a cientologia.

Além do protocolo, o plano Alfa traz dois anexos. O anexo 1, que ele designou plano Beta, propõe a criação de psicanalistas informantes. Ariovaldo julga ser essa a sua invenção mais importante. Porque não dizer, genial? Sabe que boa parte dos utopistas faz análise. Virou moda nas classes média e alta. Não admira. Desemprego, pais separados, droga. O anexo 2, que ele chama plano Gama, propõe a instalação de um laboratório dotado de salas próprias de suplício.

Já é manhã quando Ariovaldo finalmente coloca o ponto final no seu projeto. Exausto, baixa as persianas do escritório, despe-se e, ali mesmo, de cuecas, dorme no sofá até pouco depois do meio dia.

Ao acordar, Marilda o aguarda com o almoço pronto.

— Benzinho, outra vez a noite em claro?

— Acho que é a última; terminei meu projeto. Ficou bom.

E mais ele não falou, nem Marilda perguntou. Ariovaldo chega à fábrica no começo da tarde e encontra sobre sua escrivaninha um bilhete do Lucas. Deu hemorragia e a freira não resistiu. Droga! Cabe a Ariovaldo, como capitão médico, assegurar vida do supliciado até que seja extraída toda a informação e ele não estava lá quando deu a hemorragia. O major Humberto não vai gostar. Mas não deixa de ter sido providencial; mais um argumento a favor do seu protocolo de interrogatório.

Só lhe resta produzir o atestado de óbito. Mera precaução, pois será dado sumiço ao corpo. Freira de clausura, ainda bem. Fora do convento, só o bispo de Campinas sabe da prisão. Esse está em nossas mãos desde o inquérito da pedofilia. E a operação da fábrica é o segredo mais bem guardado da Nova Ordem. O senão é o de sempre, a família. Cedo ou tarde saberão do sumiço. A família é sempre um problema.

Se um dia questionarem, ou descobrirem que foi aqui, será dito que ela se atirou do terceiro andar. Preenche: Maria Aparecida da Paixão de Cristo, traumatismo craniano. O nome não é o da certidão, é o do segundo batismo, de cunho religioso, que elas adotam quando se consagram para servir a Deus. Essa não estava a serviço de Deus e sim do Diabo, da subversão, sentencia Ariovaldo, como para justificar. Anota a lápis: re-checar se ficou testemunho da captura.

IX.

AS RESTRIÇÕES DO MAJOR HUMBERTO AO
PROTOCOLO DE SUPLÍCIO E SEU
ENTUSIASMO PELA FIGURA DO
PSICANALISTA INFORMANTE

No dia seguinte, Ariovaldo pede audiência ao major Humberto.

Só é recebido à tarde e friamente. A madre era peixe grande e não havia desembuchado. E tem o agravante da ausência dele no momento da hemorragia. Sempre que há um descontrole, o major fica possesso. Ao major não importam as mortes, importa o descontrole, a negligência. Todos sabem disso.

Ariovaldo não se deixa intimidar:

— Esse acidente já aconteceu mais de uma vez, major, porque há muita improvisação; temos que implantar um método científico; um protocolo. Não foi para isso que o senhor criou a fábrica e fez o projeto do centro? Não podemos deixar que os interrogatórios escapem ao controle e muito menos que os estupradores ajam antes da hora, por conta própria. Tenho estudado isso e estou ultimando algumas propostas.

— Faça um resumo.

O major Humberto está de semblante cerrado.

Ariovaldo expõe as cinco etapas de seu plano Alfa e como elas se inspiram na ciência dos reflexos condicionados. O major escuta atento. À medida que a explicação avança, seu semblante vai amolecendo. Súbito, volta a endurecer:

— Não me agrada a etapa quatro, Major Ariovaldo... suplício de familiares... quero que refaça.

— De fato é desagradável, major, mas só de conhecer as etapas de antemão, o preso sentirá um tal pavor que talvez nem passe da primeira.

— Melhor assim, concordo que é desejável um protocolo, acho mesmo que é necessário, em todo o caso, repense; executar pode... mas, isso de supliciar familiares... em último caso, tudo bem, mas só em último caso, entendeu?

Ariovaldo não sabe que ele é espírita. Ninguém sabe. Matar não tem problema. A alma migra, o espírito se aperfeiçoa. Maltratar é que é ruim, pode-se estar maltratando um ancestral, um avô, um tio, o próprio pai já falecido.

— Até a Inquisição tinha um protocolo, reforça Ariovaldo, que cuidara de ler a Estudo Crítico da Inquisição Espanhola do major Humberto, publicada pela Biblioteca do Exército. Há quem atribua à qualidade desse estudo a nomeação do major para dirigir a fábrica.

— Bem lembrado, diz o major, aliás, um protocolo minucioso; e, saiba capitão Ariovaldo, a Inquisição foi a primeira instituição europeia a ir atrás dos desviantes, antes se limitavam a punir quem era denunciado, exatamente como nós desentocamos os utopistas.

— Mas podia ter sido ainda mais produtivo, major.
— Claro, há esses incidentes, como o de ontem, e os pontos falsos que nos fazem perder um tempo precioso.
— Pois sobre isso também tive uma ideia e já esbocei um plano que queria lhe apresentar.

O capitão médico Ariovaldo expõe a ideia da captura do sonho, enfatizando a necessidade de aperfeiçoar o pentotal sódico. Um soro da verdade mais avançado, é disso que se trata, ele diz, aproveitando, é claro, a experiência dos americanos. O major Humberto se interessa.

— Bom, muito bom, arrancar a informação mais depressa; talvez até dispensar etapas de suplício... quem é que pode aperfeiçoar o soro?

— Temos dois que podem, um deles é o diretor do Instituto Butantã, o Elias Rawe, e o outro é Hildebrando Ferraz, que montou o programa de vacinas em Manguinhos.

— Deixe ver...

O major consulta uma pasta com mensagens de fax. Acha o que procura, percorre as linhas com os dedos.

— Ferraz, Hildebrando, esquerdista, escapou da operação Cátedra, e se presume que esteja trabalhando no Instituto Pasteur, na França, murmura, desconcertado.

Continua percorrendo a lista, para de novo:

— Rawe, Elias; catedrático com ideias subversivas, alto poder de influência, executado na operação Cátedra; uma pena meu caro Ariovaldo, uma pena. É por essas e outras que achei a operação Cátedra um exagero. Faça o seguinte, descubra se sobrou algum bioquímico que preste e comece com o pentotal do nosso estoque. Temos que ser práticos. O pessoal está cobrando; se precisar reforço, me informe.

— Positivo major.

— E detalhe o projeto do laboratório, mas só revele a mim, diz o major. — As dimensões os equipamentos necessários, o corpo de apoio e uma estimativa de custos.

— Tive também outra ideia, major, que talvez interesse.

Ariovaldo revela então seu plano de infiltração na comunidade dos psicanalistas. Ressalta o valor estratégico da criação dos psicanalistas informantes. Um investimento para o médio e longo prazo, no combate à subversão utopística. Um no Rio e um em São Paulo. O major, que já se dispunha a dispensá-lo, escuta com renovado interesse. Percebe imediatamente o alcance de ideia. Outra forma de obter informação sem ter que supliciar. Quem sabe um psicanalista informante também em Belém do Pará. Tem muito utopista escondido por aqueles lados. E, à medida que a Nova Ordem for se implantando, psicanalistas informantes em outras regiões metropolitanas e numa etapa ulterior até mesmo em cidades médias.

Um projeto com enorme potencial de controle social. Psicanalista informante. Que ideia genial. Mas isso ele não diz ao capitão Ariovaldo. Anuncia, isso sim, que em virtude do sucesso da operação Quimera os trabalhos da fábrica serão incorporados oficialmente ao organograma das Forças Armadas e ganharão sede própria: o tão almejado centro, já projetado. Vai se chamar Departamento de Operações da Inquisição, subordinado ao Centro de Operações de Defesa Interna (DOI-CODI).

X.

ARIOVALDO GANHA O ALMEJADO
LABORATÓRIO, MERGULHA NA HOMEOSTASE E
INVENTA A TOUCA NEURO-SENSORIAL

Cinco semanas transcorreram sem que Ariovaldo recebesse uma palavra sequer sobre seus projetos. No início da sexta semana, é convocado pelo major Humberto. Esperando o pior, surpreende-se ao ver sobre a mesa uma garrafa de conhaque e duas taças. Presta a continência de praxe.

— Major Ariovaldo, nossos planos foram aprovados. Todos. Exatamente como está no nosso memorando.

— O senhor disse, major?

— Exato. Você está promovido. E eu também: coronel.

— Coronel? Direto de major para coronel?

— Direto. Apreciaram tanto o nosso projeto que pularam a patente de tenente-coronel. Nossa primeira tarefa: montar o laboratório. As ordens estão nestes dois envelopes. Só abra na sua sala e não revele o conteúdo a ninguém. Receberemos as novas insígnias amanhã, no QG.

O agora coronel Humberto Cardoso serve em silêncio e em silêncio brindam. Trocam olhares conspiratórios. O coronel estufa o peito. Ele é alto e magro. Com a promoção parece ter encorpado.

— E a ideia do psicanalista informante? Pergunta Ariovaldo
— Ficaram absolutamente empolgados. Nem os americanos tinham pensado nisso. Mas será operada por outro setor, em nível ultra-secreto, e dela não falaremos mais.

Assim foi criado o Laboratório de Pesquisas Psicossomáticas do Sono, sigla LPPS, integrante do Plano Estratégico de Desenvolvimento Social (PEDS). Missão: combater a subversão utopística, os bandos mascarados e toda ideologia ou movimento não condizente com a Família e os valores da Nova Ordem. A abrangência do LPPS é ampla, abarca, além dos interrogatórios, as áreas do ensino, das artes, da comunicação social e do entretenimento. Porém sua prioridade imediata e número um é o combate aos remanescentes da subversão utopística, ainda numerosos, até seu completo extermínio.

A montagem do LPPS levou seis meses. Ariovaldo não esperou pela chegada dos equipamentos. Pôs-se a trabalhar imediatamente e furiosamente na captura dos sonhos. Suas cobaias eram moradores de rua e prisioneiros do próprio centro. Ariovaldo valeu-se de um software do exército norte-americano que associa sinais eletromagnéticos gerados pelo cerebelo durante o sonho a palavras.

São as palavras do conteúdo manifesto do sonho, montado quase sempre com resíduos banais do cotidiano. Captadas, permitem montar uma narrativa que ainda precisará ser decifrada para se chegar ao conteúdo oculto do sonho, que está enterrado no inconsciente.

O programa americano, no entanto, não se revelou confiável. As associações entre sinais a palavras nem sempre se mantinham. Essa e outras falhas eram frequentes. O que fazer? Precisava de especialistas em microeletrônica. Os melhores ou haviam perecido na operação Cátedra ou haviam emigrado para os Estados Unidos e Europa, assim que saíra o édito fechando os institutos de pesquisa.[11] Pediu ajuda ao major Humberto, que discretamente localizou dois físicos especialistas em nanotecnologia que milagrosamente escaparam da operação Cátedra. Com ajuda deles, após três meses de trabalho intenso, dormindo

---

11 O Édito 16/2019 da Nova Ordem fechou os institutos de pesquisa, excetuando-se a Empresa Brasileira de Pesquisa Agropecuária (EMBRAPA). Também foram extintos o CnPq, a CAPES e o Ministério da Ciência e Tecnologia. A Nova Ordem considerou desperdício de recursos públicos investir em pesquisa cientifica e tecnológica, depois da venda da Embraer à Boeing americana, da cessão da base de lançamento de foguetes de Alcântara à NASA e da transferência das jazidas do pré-sal às multinacionais de petróleo. A decisão encontrou resistência em setores da Marinha, envolvida no programa do submarino nuclear e em setores da Aeronáutica envolvidos no programa espacial, até que esses programas também foram extintos.

apenas quatro horas por noite, Ariovaldo conseguiu criar um capacete dotado de 32 receptores, o dobro das entradas do programa americano. Porém, passados poucos meses mais, Ariovaldo vê se compelido a parar por falta de cobaias. Pede, então, ao coronel Humberto, permissão para recolhê-las entre a miríade de retirantes surgidos após a extinção do minifúndio. Eram famílias inteiras com filhos pequenos, propensas a se oferecer ou a um de seus membros em troca de alguns dias de cama e comida, explicou ao coronel.

O coronel Humberto lhe informa que o problema da infestação das cidades pelos miseráveis, em virtude do édito da concentração fundiária, está sendo estudado pelo Estado Maior com enfoque abrangente, de caráter estratégico, e sobre o qual não estava autorizado a falar. Mas promete encaminhar a demanda ao Estado Maior.[12]

---

12 O Édito 05/2019 da Nova Ordem Fundiária, ou da Concentração Fundiária, determina a expropriação de propriedades rurais com área inferior a dez alqueires paulistas para incorporação a propriedades vizinhas de maior área, através de leilão em hasta pública. Considerado um dos atos jurídico mais importante da Nova Ordem, esse Édito extingue, pelo seu artigo 2, a Secretária Especial de Agricultura Familiar e do Desenvolvimento Agrário e o Instituto Nacional de Colonização de Reforma Agrária (INCRA); o artigo 3 declara a caducidade do Estatuto do Índio (Lei 6001/73); o artigo 4 erradica quilombos e reservas indígenas e in-

O novo capacete, batizado de touca neuro-sensorial, consegue identificar o setor da massa cerebral que gera cada sinal. Um avanço significativo em relação ao programa americano. Captados os sinais e identificadas as regiões, Ariovaldo analisa a morfologia de cada setor, abrindo a caixa craniana da cobaia – outro avanço em relação aos americanos, impedidos de assim fazer por limitações legais. Graças à revolucionária touca neuro-sensorial e à abertura dos crânios, suas descobertas se sucedem. Algumas delas, sensacionais. Na parte inferior do córtex frontal, Ariovaldo descobre a área onde se alojam as memórias da emoção e da recompensa, primeiro passo para a produção dos reflexos condicionados. Excitado pelo achado, Ariovaldo mergulha na homeostase, a ci-

---

corpora as áreas liberadas ao Programa Nacional da Expansão Acelerada das Fronteiras Agrícolas; o artigo 5 extingue a Fundação Nacional do Índio (FUNAI), a Fundação Nacional da Saúde (FUNASA); a Fundação Cultural Palmares e a Secretaria Nacional de Promoção da Igualdade Racial; o artigo 6 define como ação de natureza terrorista todo movimento de ocupação de terras; o artigo 7 declara ilegal o Movimento dos Trabalhadores Sem Terra (MST), ordenando a imediata dissolução de seus núcleos, assentamentos rurais e escolas, incluindo a Escola Nacional Florestan Fernandes, de Guararema.

ência dos nexos entre comandos cerebrais, metabolismo e sentimentos no ser humano. Por que o medo faz o coração bater mais depressa? Por que pessoas enrubescem? Por que a dor intensa leva ao desfalecimento, como acontece amiúde nos interrogatórios? Como garantir a veracidade de uma confissão? Como escolher entre várias interpretações de um mesmo sonho? Essas são algumas das perguntas que a homeostase tenta responder.

XI.

A MISSÃO SECRETA DO SARGENTO MESSIAS.
A CONFISSÃO E O DESCARTE DO REVÓLVER

Capivari ficou para trás. Próxima parada, Monte Mor. Faz calor. A estrada poeirenta corta por monótonas lavouras de cana e um ou outro rancho abandonado. Não há mais sitiantes. O sargento Messias resmunga. A Kombi sacoleja feito britadeira. Parece que vai desmontar. Messias tenta cortar a ressonância dirigindo pelas beiradas. Para essa missão tinha que ser um Ford, ou que fosse um Jipão. Sente o corpo moído. Alegaram que a Kombi branca disfarça melhor. De fato, se perguntam, ele diz que é da profilaxia. A maioria responde, ah... bom. Sempre perguntam, gente curiosa. Não sabem o que é profilaxia, mas a palavra impõe respeito. Povo ignorante. Se algum mais enxerido quer saber do que, ele fala, é geral, de tudo. É federal, ele arremata. Aí, ninguém pergunta mais nada.

A missão do sargento é ultra-sigilosa. Codinome: Operação Capela. Tão secreta que não tem nada escrito. As ordens são todas de boca. Cada expedição dura 20 dias. Messias não gosta do que faz, preferia a tropa. Entrou no exército para ser soldado, não para ser espião. Mas o major Humberto mostrou que era missão importante, tanto que tinha gratificação por fora. Também disse que a Igreja aprovava, que era uma missão sagrada. Só depois de metido até o pescoço Messias descobriu que não era bem assim. Alguns bispos aprovavam, outros não, e a maioria dos padres também não. Alguns até ajudam os utopistas.

O duro é ficar longe de casa, almoçando cada dia feijão com outro tempero, dormindo onde dá. E essa estrada de moer qualquer cristão. Mata de sombra também rareia. Se antes a estrada era ruim, ficou pior.[13]

---

13 O Édito 9/2019 da Nova Ordem Ambiental desobriga proprietários de manterem reservas florestais e matas ciliares. Seu artigo primeiro retira o Brasil do Acordo de Paris sobre Mudanças Climáticas; o artigo 2 extingue o Ministério do Meio Ambiente, o Instituto Chico Mendes de Conservação da Biodiversidade, o Instituto Nacional de Meio Ambiente e Recursos Naturais Renováveis (IBAMA) e a Agência Nacional de Águas (ANA); o artigo 3 extingue os Parques Nacionais e incorpora suas terras ao Programa de Expansão Acelerada da Fronteira Agrícola (PEAFE); o artigo 4 libera todas as classes de agrotóxicos, sem distinção dos mutagênicos, carcinogênicos e teratogênicos e todas as classes de sementes transgênicas; o artigo 5 libera queimadas nas lavouras de cana; o artigo 6 extingue o Monitoramento do Manejo da Pesca, que fica assim liberada o ano todo, pondo fim aos períodos de defeso; o artigo 7 extingue as Unidades de conservação (UC) e as Estações

Messias não simpatiza com os utopistas, muito menos com os black blocs. Essa história de acabar com os bancos, as depredações... mas não gostou do que fizeram com a madre. Ficou abalado. Uma freira é quase uma santa. Está certo que prometer uma sociedade sem dinheiro é estupidez, mas não era o caso de fazer o que fizeram. Vem à sua mente a mãe falando da irmã que virou freira e que ele nem chegou a conhecer. Uma santa!, a mãe dizia.

Essa é sua quinta investida. Com o tempo descobriu que leva jeito. Talvez porque estudou em colégio de padre. Muito jeito. Tanto assim que o major elogiou. Disse que de, toda a força tarefa, ele estava se saindo o melhor. Eles são doze, escolhidos a dedo, disse o major. Messias foi selecionado porque sabe tudo de religião. De pequeno, pensou em ser padre. Era o desejo da mãe. Não deu certo. Agora, o destino o colocou de volta dentro das igrejas. Já conhece um punhado de padres. Conseguiu recrutar dois e descobriu que o dominicano de Bofete era utopista. Deve ter sido dele que tiraram o nome da madre superiora. Sente um pouco de culpa...

Biológicas, exceto a base da marinha Comandante Ferraz, localizada na Antártica; o artigo 8 proíbe o financiamento estrangeiro a ONGs de qualquer natureza e o artigo 9 ordena o desmatamento da Amazônia para sua incorporação ao Programa de Expansão Acelerada da Fronteiras Agrícolas.

O sargento Messias trabalha com duas listas, que leva no fundo do alforje, junto ao revólver, um Taurus 38, e os envelopes de dinheiro. A lista base, como ele a chama, é a relação de todas as paróquias e dos padres que rezam missa e exercem o sacramento da penitência. São mais de noventa na sua área. Isso depois do abandono de muitas igrejas frente ao avanço dos evangélicos. Ele nunca imaginou que tivesse tanto padre nesse interior largado e pobre de tudo. É só com os padres que ele tem que lidar; os pastores evangélicos estão fora da Operação Capela. São de confiança. Tanto assim que a Igreja Universal virou oficial.[14]

---

14 O Édito 22/2019 da Nova Ordem da Fé erigiu a Igreja Universal do Reino de Jesus em religião do Estado. O artigo 2 do édito confere às Igrejas Católica, a Ortodoxa e a Maronita, e às denominações do ramo protestante, o status de Religiões Protegidas; o artigo 3 assegura liberdade de culto aos demais povos detentores do Livro Sagrado, judeus e muçulmanos; o artigo 4 proíbe ritos afro por não possuírem os requisitos mínimos de uma religião; o artigo 5 declara ilegais a Federação Nacional de Cultos Afro-Brasileiros, a Federação Brasileira de Umbanda e as entidades a elas associadas; o artigo 6 isenta do IPTU tempos religiosos das denominações autorizadas, permite à pessoa física abater do imposto de renda os dízimos recolhidos assim como às empresas abater do imposto de renda devido doações a essas igrejas. O édito é omisso em relação a espíritas, budistas e xintoístas.

É uma lista detalhada. Foi preparada pelo bispo de Campinas. Diz a qual diocese o padre pertence ou se é secular, quanto tempo está na paróquia, a idade, de onde veio, se é servo fiel de Deus, o que Messias interpreta como sendo da ala carismática. Só não fala das outras coisas, as bolinações, os casos com mulher. Se o padre morreu ou foi transferido, ele risca, se chegou há pouco e não está na lista, ele acrescenta. A outra lista é a dos delegados de polícia, para os quais ele tem que entregar os envelopes. Todo o resto ele tem que guardar de memória. No retorno ele reporta.

Depois que Messias desenvolveu seu método, a missão ficou fácil. Ele chega do meio para o fim da missa e procura o genuflexório mais perto do altar, caminhando com passadas firmes, barulhentas, deixando-se notar, preocupado e contrito, o chapéu nas mãos juntas em sinal de respeito. Terminada a missa, vai direto ao confessionário. Na primeira confissão, cuida para não se precipitar. Faz-se um pouco de bobo. Diz que o demônio está tentando o filho mais velho dele, que o rapaz se meteu numa turma que desacata as autoridades e fala bobagem de não ter conta no banco e que o juro do banco é exploração, e volta tarde para casa, e ele ficou sabendo que nessa turma mistura homem e mulher, e que ele não sabe o que fazer. E pede perdão por não ter educado os filhos no caminho da fé e da Santa Madre Igreja, e pergunta o que fazer. É basicamente essa a primeira conversa.

Pela reação do padre ele faz uma primeira classificação. Os carismáticos reagem com severidade, dizem que o filho comete sacrilégio e está no caminho da perdição. Exigem que o obrigue a largar as más companhias. Os simpáticos aos utopistas desconversam, alguns se atrapalham, a maioria diz que os jovens são assim mesmo, que Cristo também se voltou contra os fariseus, e por isso foi crucificado, e que a própria Igreja já foi contra a cobrança de juros, nada disso é pecado; recomendam que tragam os filhos à missa e absolvem sem prescrever penitência.

Tanto num caso como no outro, o passo seguinte é o contato com o delegado. Por causa disso a Kombi branca é boa. Se fosse só para se confessar na Igreja podia ser qualquer carro, até uma moto servia. Primeiro ele entrega ao delegado o envelope com a gratificação e pede visto na lista e a data. Essa parte não faz parte da operação capela. Por isso tem recibo.

Todos os delegados estão no programa. Tem um ou outro que finge que colabora e não passa nada. A maioria ajuda, dá a ficha toda. É pelos delegados que ele fica sabendo se o padre é devasso, se foi acusado de pedofilia ou se tem caso com mulher.

Esses padres ele traz fácil, é só falar da ficha que eles se apavoram. Foi assim com o de Mairinque. O bispo abafou o caso, mas o delegado tinha a ficha. Esse delegado é dos melhores. O envelope dele é o mais gordo. Merecido. Até padre que não tem ficha ele conseguiu trazer para o programa. Basta mostrar as fotografias das Igrejas fechadas na China, falar das freiras violentadas pelos anarquistas na Espanha, dos mártires da Igreja na Hungria.

A estrada segue esturricada e poeirenta. Já se avista o campanário de Monte Mor, encimando o amontoado de casas. Messias recorda-se da mãe, católica praticante. O orgulho dela era a filha que virou freira. Ela não ia gostar do que ele faz. Que Deus a tenha. Pensando bem, não é mesmo coisa boa.

Messias sente o corpo quebrado depois de tanta trepidação. Tinha que ser um Fordão ou mesmo que fosse um Jipão.

Não tem carro mais desconfortável que Kombi. De fato, a mãe não ia gostar. Nem um pouco. Pensar que ele entregou aquele dominicano, um garoto ainda. O rosto redondo e rosado do dominicano de Bofete não sai da cabeça.

Se o padre é alinhado com os utopistas, a diretiva da fábrica é descobrir quem são seus amigos e se a paróquia costuma abrigar forasteiros e se ainda mantém curso de alfabetização de adultos. Mas isso tudo é incumbência do delegado, não é mais com ele. Cabe também aos delegados plantar os olheiros na missa para anotar se os sermões são subversivos e fechar os cursos de alfabetização que Nova Ordem proibiu.[15] E mandar relatório para a fábrica, para subsidiar os interrogatórios dos utopistas.

Não deixa de ser divertido, pensa o Sargento Messias, ao se lembrar da cara do padre Laerte de Rio Pardo, quando ele falou dos meninos do coro. Esse tipo de padre ele odeia mesmo. Não tem contemplação, não deviam estar na Igreja, fazem o voto de castidade, mas

---

15 Cursos de alfabetização de adultos e supletivos e foram proibidos pelo artigo 3 do Édito 06/2019 da Nova Ordem do Ensino Fundamental. De abrangência ampla, o Édito substitui a Lei de Diretrizes e Bases da Educação pelas Diretrizes da Escola Sem Partido (DESP), com ênfase nos processos mentais de absorção, fixação e repetição e no ensino profissionalizante para os meninos e de prendas domésticas para as meninas; o artigo 2 instituiu o ensino moral transversal em todas as disciplinas; o artigo 4 proíbe a educação sexual e de gênero; o artigo 5 coloca a Escola Sem Partido sob a égide de um novo Ministério da Família; o artigo 6 permite que 20 % da carga horária seja por ensino à distância; o artigo 7 extingue escolas rurais, substituindo-as pelo ensino à distância ou ensino no lar pelas próprias mães; o artigo 8 pune com multas instituições que ministrem cursos supletivos ou de alfabetização de adultos e enquadra seus responsáveis na Lei Antiterrorismo, dobrando-se as penas nos casos de adoção de método Paulo Freire.

são impostores e pervertidos, só usam batina em vez de calça para tirar o pau para fora mais fácil.

Messias estaciona a Kombi numa sombra da pracinha e aboleta-se num boteco, para tomar uma cerveja. Ainda é cedo para a missa das seis. Da porta do boteco contempla a estrada perdendo-se ladeira abaixo, até atingir o pé do morro, depois a subida morro acima, serpenteando, até sumir num fio. Ali é um morro seguido de outro. Tudo pasto, ralo e pisado. Lavoura mesmo tem pouca. Terra cansada. Muito cupim, isso sim. Ali tinha sido terra de gente antiga e pinga boa, de alambique.

O corpo quebrado quer cachaça. Depois da cerveja, pede uma dose dupla de pinga da terra. Nada de 51 ou Velho Barreiro. Pinga de alambique. Pena que veio essa lei e acabou com os alambiques.[16] Sabe que sempre tem algum garrafão escondido. De fato, tinha. Tomou a

---

16 O Édito 7/2019 da Nova Ordem também chamado de Lei Seca proíbe a fabricação de aguardentes de cana no Brasil e determina o desmantelamento de todos os alambiques; o artigo 2 proíbe a produção, importação e comercialização de bebidas com teor alcoólico superior a 2%; o artigo 3 excetua das proibições o vinho tinto doce usado nas celebrações religiosas dos ritos cristãos e judaico; o artigo 4 cria uma Força Tarefa com o encargo de localizar e requisitar todos os estoques de bebidas com teor alcoólico superior a 2%, em especial vinhos, aguardentes e licores, para proveito das autoridades em eventos oficiais.

dose e mais outra, e mais outra. Da porta do boteco ele acompanhou o sol se pondo, as sombras se alongando, a estrada se desvanecendo no lusco-fusco. Aqui nem pensão de viajante tem, vou ter que pousar em Sumaré ou Hortolândia.

    Merda de missão especial. Não fosse o relatório dele, o dominicano não seria preso e não pegavam a madre. O sino da igreja toca as badaladas das seis. Messias deixa passar um tempo, conta vinte minutos, paga a conta e entra na Igreja. É uma igreja pequena, de uma só nave. A missa está pela metade. Com esse padre ele já tinha se confessado uma vez. Lembra que saiu confuso. Não soube classificar. Também não era moço nem velho, uns quarenta e poucos anos. A lista diz que ele frequenta o convento dos dominicanos, Padre Bartolomeu. Chico Messias sabe que a fábrica está de olho nos dominicanos.

    Fez como sempre. Acabada a missa, foi rapidinho se confessar. O padre começou como de costume, confesse seus pecados meu filho que Deus te perdoa. Foi então que aconteceu. Deu um chilique no sargento Messias e ele confessou tudo, falou da operação Capela, do dominicano que ele entregou, falou da fábrica, como era, como eles liquidavam uns e outros. Como sumiam com os corpos. Falou até do estupro da freira. Quando terminou, estava exausto e suava frio. Na Igreja não havia mais ninguém.

O sacerdote saiu do confessionário, deu a volta, ergueu o Sargento Messias pelo ombro e o foi levando amparado para os fundos da sacristia. Não trocaram uma palavra. Messias, ainda tonto, compartilhou com o padre um caldo de galinha e broas de milho. Depois deitou-se ali mesmo, de comprido, no banco largo de madeira, que o padre havia forrado com um acolchoado. Logo caiu em sono profundo. O padre, então, foi tirando as botinas do sargento, devagar, para não acordá-lo. Depois, o cobriu com uma manta.

Naquela noite o sargento Messias dormiu pesado. Ao acordar sentiu que havia dormido o sono dos justos. Pensou no que fazer. Padre Bartolomeu, sentado do outro lado da mesa, nada dizia. Não o admoestava, nem o acarinhava. Só observava. Sobre a mesa, uma coalhada, as broas de milho, e as duas listas estendidas, como se o padre as tivesse decifrado.

O café exalava cheiro forte. Messias tomou uma xícara, devagar. Foi aos poucos clareando o pensamento. O padre só olhando. Messias tirou da sacola, que não largava nunca, os envelopes com os nomes dos delegados. Em cima da mesa foi abrindo um por um. As notas, ele amontoava, e os envelopes, rasgava. Depois separou as notas em dois montinhos iguais, uma aqui a outra ali, uma aqui, outra ali. Pediu ao sacerdote mais café. Terminou de dividir. Um dos montinhos ele empurrou para o padre. É o óbolo, disse.

O outro montinho ele enfiou no bolso da calça. Sua benção, padre. Deus te abençoe, meu filho, disse o padre. Messias levantou-se, apanhou as listas e as rasgou em pedacinhos. Na porta da sacristia ainda parou e fez um aceno de despedida. Depois montou na Kombi e pegou a estrada. Tinha que achar uma funilaria para pintar o carro. Não sei se vendo ou se aproveito para abrir um negócio qualquer de ambulante. Kombi é carro bom para fazer pastel em feira. Entrou em São Paulo alta madrugada pela Lapa de Baixo. Ao cruzar uma esquina escura, para, sai da Kombi e atira seu revólver num latão de lixo.

XII.

OS NOVOS EXPERIMENTOS DE ARIOVALDO. A SENSACIONAL DESCOBERTA DOS REFLEXOS CONDICIONADOS DORMENTES

O coronel Ariovaldo seleciona pessoalmente as cobaias. É uma tarefa que não delega. Nem à enfermeira novinha e esperta, sua auxiliar direta e que às vezes o conforta, na cama de campanha. Os transportes chegam de madrugada, antes ainda do nascer do sol, e estacionam no pátio da estação da antiga Sorocabana, reativada para esse fim. Composições após composições repletas de retirantes, oriundos de todas as partes do país, a maioria da Bahia, Norte de Minas e interior de São Paulo e do Paraná. Desembarcam atônitos e famélicos, famílias inteiras, carregando trouxas, balaios e maletas de fibra. Uns frades beneditinos e algumas freiras carmelitas costumam aparecer e distribuir água, leite e bananas ou laranjas. Também oferecem abrigo temporário a algumas famílias, poucas, as que chegam com crianças de colo. Ariovaldo não se mete com os religiosos, exceto quando vislumbra um par de gêmeos, o que é raro.

Ao meio dia tudo cessa, o entorno de estação é isolado e entram em ação as equipes de limpeza, varrendo todas as calçadas e reentrâncias com poderosos jatos de

água. À noite há concertos na Sala São Paulo, instalada na ala central da estação, atendidos pela elite paulistana, por altos funcionários e pelo corpo diplomático. Nenhuma sujidade ou sinal dos transportes deve ficar. Por causa do édito que instituiu a Nova Ordem Artística, salas de espetáculos viraram templos evangélicos e esses concertos se tornaram mais concorridos.[17]
Ariovaldo prefere os velhos, especialmente os analfabetos, dotados, quase todos, de memória prodigiosa. Escolhe os desacompanhados, já abandonados pela fa-

---

[17] O Édito 10/2019 da Nova Ordem Artística extinguiu a Lei Rouanet de Incentivo à Cultura, o Fundo Nacional de Cultura, a Agência Nacional do Cinema e do Audiovisual (ANCINE) e o Fundo Setorial do Audiovisual. Constatou-se que incentivos fiscais à produção artística e cultural vinham sendo distribuídos a artistas que se opunham à Nova Ordem ou cujas obras afrontavam a Família e os Valores Morais da Nova Ordem, inclusive obras pornográficas. O artigo 2 do édito cria a Agência Nacional de Difusão dos Valores da Nova Ordem (ANDIVANO) com as atribuições de conceder o *Nihil Obstat* a espetáculos artísticos, roteiros de audiovisuais e montagens teatrais, assim como fiscalizar as respectivas realizações e compilar um *Index Prohibitorum* de obras nocivas à Nova Ordem. O artigo 3 proíbe o funcionamento de cinemas de rua e itinerantes; o artigo 4 determina que salas de cinema em shoppings só podem projetar filmes classificados pela ANDIVANO como educativos, épicos, patrióticos e bíblicos.

mília, assim evita dissabores quando o corpo é desaparecido, após a abertura da caixa craniana. Leva dois por dia. É a taxa de reposição do laboratório, que tem apenas dez toucas neuro-sensoriais, o máximo que conseguiu do Estado Maior. Se aparecem gêmeos univitelinos, leva mesmo que estejam com parentes. Assim que chegam ao centro recebem a Ração Humana (RH).[18]

Cada ciclo dura cinco dias. O experimento consiste em despertar a cobaia assim que ocorrem movimentos rápidos dos olhos, o estágio REM (do inglês *Rapid Eyes Movement*), em que há elevada atividade onírica, e mandar dizer o que sonhou. A cobaia entra nesse estágio após uma hora de sono, mas fica nele poucos minutos. O ciclo se repete em média cinco vezes ao longo da noite. Ariovaldo constatou que o despertar

---

18 A Ração Humana (RH) foi uma das maiores inovações da Nova Ordem. Desenvolvida pela Embrapa em convênio com uma multinacional de alimentos e outra farmacêutica, a Ração Humana utiliza partes inaproveitáveis do agronegócio, tais como folhas e talos dos vegetais exportados, sobras dos abates de suínos, aves e bovinos, como peles e vísceras e um aditivo antilibido. Embora de sabor desagradável, apesar da adição de adoçantes e sabores artificiais, uma Ração Humana contém exatamente as 2.100 calorias e os carboidratos necessários ao sustento diário de um humano adulto. É fornecida a presídios e substituiu as merendas nas escolas, com grande economia.

abrupto da cobaia faz com que depois ela sonhe com intensidade ainda maior. A cobaia recebe uma injeção de melatonina, o hormônio do sono, para que volte rapidamente a dormir. O processo é torturante, exaure a cobaia. A maioria fica esgotada no quarto dia. Só os mais fortes resistem até o quinto.

Ariovaldo conseguiu associar palavras a sinais eletromagnéticos de modo mais confiável que o algoritmo americano, mas ficou nisso. Por falta de idosos saudáveis o experimento estancou. Desnutridos, muitos velhos não resistiam a mais do que uma ou duas noites de experimentação.

Entretanto, as experiências com reflexos condicionados avançaram. Suas descobertas espetaculares de que o sentido de recompensa se armazena na parte inferior do córtex frontal, e de que mesmo durante os sonhos operam reflexos condicionados – que ele chamou de Reflexos Condicionados Dormentes (RCD) – atraíram a atenção de agências de combate ao terrorismo dos Estados Unidos, Rússia, França, Israel e Arábia Saudita. Ariovaldo também descobriu que durante o sono o indivíduo não só consolida muito do que aprendeu durante o dia, mas absorve novas informações. É como se aprendesse dormindo.

Sua primeira experiência em Reflexos Condicionados Dormentes consistiu em associar odores a ruídos, em estado de sono. Descobriu que as pessoas respiram com mais comedimento se o odor é desagradável e mais fundo se o odor é prazeroso. Passou então a associar determinados odores a determinados sinais sonoros. Ao soar o sinal sonoro a cobaia passava a respirar como na presença do odor associado àquele sinal. Típico reflexo condicionado. Foi decisivo Ariovaldo ter suas próprias salas de suplicio, já que o fedor e a sujeira das salas de interrogatório dificultariam o processo de associação.

Ariovaldo quer chegar a um método que assegure, com a mais absoluta certeza, que o preso falou tudo o que sabe, seja qual for sua estrutura mental e psíquica. Um método científico que extraia da memória do preso todas as informações ali armazenadas para a prática da subversão e da contestação da Nova Ordem, sem depender da vontade ou da determinação do próprio preso.

XIII.

A MORTE DE GERMANA. MARILDA
CONSOLA O GENERAL FAGUNDES.
O FILHO DESGARRADO DE FAGUNDES

O general Fagundes ressona, estirado no sofá. Faz calor e ele está de cuecas. Marilda desliga a televisão. Não aguenta mais esses programas de religião. Acabaram as novelas, é só quase religião e futebol depois do édito da Nova Ordem.[19] Recolhe os copos e a garrafa de whisky. É um whisky americano, feito de milho, que

---

19 O Édito 8/2019 da Nova Ordem da Comunicação Social só permite programas esportivos, educativos e religiosos na televisão. O artigo 1 do édito cassou as concessões das emissoras de rádio e TV, inclusive as tevês a cabo, exceto as dedicadas ao esporte, à pregação religiosa e à defesa da Família; o artigo 2 extinguiu a Empresa Brasileira de Comunicação (EBC), a Hora do Brasil e a Rádio Mec; o artigo 3 proibiu o funcionamento de rádios comunitárias não pertencentes à denominações religiosas; o artigo 4 criou, na Agência Nacional de Vigilância Social (ANVISO), um serviço de acompanhamento e repressão a blasfêmias e heresias no rádio e na tevê; o artigo 5 enquadra os infratores na Lei Antiterrorismo. Esse édito foi decorrência natural de um édito anterior que erigiu a Igreja Universal do Reino de Jesus em religião oficial da Nova Ordem.

o general ganhou do adido militar dos Estados Unidos. Envelhecido doze anos em tonel de carvalho, disse o Fagundes. Parece que virou moda oficial superior ganhar bebida de presente. O Ariovaldo ganhou seis garrafas de vinho Bordeaux do adido militar da França. E ele sabe que o coronel Humberto ganhou duas de conhaque. A lei proíbe fabricar, não proíbe ganhar de presente.

Marilda devolve a garrafa à cristaleira e enxágua os copos na pia da cozinha. O apartamento é enorme e está atulhado de quinquilharias que a Germana não parava de comprar. Bibelôs, vasos de cerâmica kitsch, e gatinhos de porcelana, dezenas de gatinhos em poses e feitios os mais diversos. No dia mesmo em que foi internada às pressas, Germana trouxera mais um gatinho, de vidro de Sèvres, comprado no free-shop da Augusta. Isso foi há oito meses.

Ela dizia para a Germana consultar o médico sobre aquela dorzinha. Mas a Germana vivia postergando. Quando a levaram, era tarde demais, o tumor se espalhara. Os encontros com o general começam logo em seguida, no início, furtivos. Não demorou, tornaram-se regulares, toda sexta-feira, assim que ele desembarca de Brasília. Marilda fica pouco, para o Ariovaldo não desconfiar. Cuidados desnecessários. Desde a criação do laboratório, o Ariovaldo vive em outro mundo. É como se ela não existisse. Muitas noites, ele nem volta para dormir. Nos sábados, então, chega tão tarde e tão cansado que cai na cama direto.

Sexta é um dia bom para os encontros com o general, o Ariovaldo toda sexta dorme no laboratório. Parece que é um dia especial, em que as experiências não podem ser interrompidas e atravessam a noite. É o que ele diz e Marilda acredita. Mesmo assim, ela não facilita e procura estar em casa antes das onze. Nunca aconteceu de o Ariovaldo questionar. E ele nem desconfia que graças a ela a promoção a major saiu tão rápido. Fagundes diz que foi merecida. Ainda bem. Marilda suspira. Um amor, o Fagundes, tão novo e já general. Fagundes vive só. O único filho, Marcelo, não se casou e o general não tem netos. Irmãos e sobrinhos moram distante, no interior do Rio Grande do Sul. Os pais já morreram. Marcelo é o espinho na sua garganta. Desde a adolescência, um rebelde, um contestador; nunca aceitou a autoridade do pai. Aos dezesseis anos formou uma banda de rock e dois anos depois estreou num programa de auditório. Virou cantor de rock, para desgosto do general. Nas redes sociais correra que Marcelo era o protegido de um outro cantor, esse famoso e gay assumido. Nunca ficou claro ao general o que isso significava. Com a Nova Ordem os dois sumiram. O general se consola nos casos ainda mais constrangedores – pelo menos dois que ele conhece – de filhos de oficiais que aderiram à rebelião utopística e foram eliminados.

O último contato de Marcelo com o pai deu-se na véspera do sepultamento da mãe. Ele estava em Barcelona, com um conjunto de rock, e telefonou explicando porque não viria. Culpou o pai e a Nova Ordem. Marilda sabe da desavença entre os dois. Ouvira da Germana, na época em que saiam juntas. Sabe da bronca que o Marcelo tem do pai e sabe da mágoa do general. Germana adorava o filho e tinha dois CDs dele escondidos. Punha-se a ouvir quando o general estava em Brasília. Marilda também gosta das músicas do Marcelo, mas não toca no nome dele na frente do general.

Marilda junta as fronhas e as toalhas e faz com elas uma trouxa usando o próprio lençol. No sábado, o ordenança levará a trouxa para a lavanderia junto com as camisas e as roupas de baixo. A faxineira vem na segunda. Marilda apanha lençóis e fronhas limpas na gaveta da cômoda e faz a cama. Não quer que o ordenança ou a faxineira fiquem imaginando coisas. Só então, a cama feita, Marilda se despede do general. Benzinho, um beijo. Ela só o chama de benzinho.

XIV.

HUMBERTO CAI EM DESGRAÇA.
O GENERAL FAGUNDES REVELA A
ARIOVALDO O MAIS BEM GUARDADO
SEGREDO DA NOVA ORDEM

Na sala de reuniões reservadas, o General Lindoso Fagundes repassa a Operação Cândida com o major Ariovaldo, que acaba de ser promovido a tenente-coronel e nomeado Comandante do DOI-CODI. O coronel Humberto já não está. Corre que foi afastado por falta grave, gravíssima. Ariovaldo sentiu-se ameaçado, até que veio sua indicação para substituir o Humberto e ele se acalmou. Uma única vez ousou perguntar ao general Fagundes o que havia acontecido com o Humberto, e o general lhe disse para não se meter. É coisa feia, fique longe disso, ordenou.

O general altera poucos detalhes do plano que o coronel Humberto elaborara. Decide que serão removidos para os campos de trabalho todos os moradores de rua, não apenas os robustos. Seria trabalhoso e de pouca valia catalogar cada um.

Ariovaldo julga a reunião encerrada, quando, para sua surpresa, o General recomenda que a remoção seja divulgada amplamente pela televisão e pelo site Nova Ordem, não com a denominação de Operação Cândida, obviamente, e sim com um nome de conotação positiva.

— Que tal Operação Resgate?, diz o general. Ariovaldo, que vinha trabalhando a operação como altamente secreta, está espantado, não sabe o que dizer. Finalmente, balbucia:

— Com todo o respeito, general... creio que operação não soa bem, é uma expressão militar.

— Sim, você tem razão...vejamos... vejamos... que tal Ação Resgate? Melhor ainda, Ação Solidária, isso, vai ser Ação Solidária...

— Bem pensado, general.

— Será a nossa resposta aos reclamos da população contra as hordas de mendigos que vem infestando as cidades, continua o general. – Campos de reeducação e trabalho no interior, bem longe das cidades; chega de hipocrisia, de se deixar intimidar por essa gente de Genebra e da União Europeia que defende os direitos dos migrantes, mas só na terra dos outros.

Ainda desconcertado, Ariovaldo balbucia:

– Pondero, general, se não seria prudente manter o sigilo para evitar dissabores com a Igreja.

– O que tem a Igreja com isso, Ariovaldo?

— É que algumas ordens religiosas amparam moradores de rua, dão comida, cobertores; podem reagir negativamente a uma remoção forçada.

— Talvez você tenha alguma razão, diz o general, pensativo.

— Lembro que a operação Cátedra e outras de mesma época foram preparadas e executadas em sigilo, a operação Sodoma de eliminação dos gays, também.

— Porque era preciso pegá-los de surpresa. Hoje vivemos uma ordem institucional, a Câmara de Notáveis funciona, o Supremo também, devidamente expurgado, os éditos da Nova Ordem estão incorporados à lei ordinária.

— Mesmo assim, general, com todo o respeito... que tal anunciar como uma ação de pequena monta, de rotina? Sem alarde? Talvez taticamente seja melhor.

— Ao contrário, coronel, quanto mais alarde melhor. E sabe por quê? Porque ao se ver livre dos moradores de rua, a população aceitará depois a remoção de outras categorias de indesejáveis.

— Então, os moradores de rua são apenas o começo?

— O começo não, porque já fizemos isso com os homos e com os trans; só que fizemos às escondidas e agora é às claras; depois dos moradores de rua serão as prostitutas, os drogados, os aleijados, os cegos, os doentes mentais, os portadores de síndrome de Down, esses inúteis todos, um grupo de cada vez. Outros objetivos, outro patamar. Entendeu, tenente-coronel Ariovaldo?

Percebendo o semblante ainda assustado de Ariovaldo, que não consegue esconder sua perplexidade, Fagundes decide abrir o jogo:

— Coronel Ariovaldo, ouça bem o que vou lhe dizer e guarde para si. O que vamos divulgar é uma parte da operação. A outra parte é um segredo de Estado. Faço-lhe esta confidência em primeiro lugar para que entenda o porquê da divulgação, e em segundo lugar por ser muito provável que você me suceda no cargo, minha reforma, como você sabe, está próxima.

— Sim, general, guardarei segredo.

— Essa história de campos de trabalho é balela, é uma cortina de fumaça. Esses vagabundos vão ser eliminados. A operação Quimera mostrou que é fácil e barato acabar com contingentes grandes de indesejáveis despejando-os no mar.

— Agora entendi, general; divulgamos as remoções com conotação positiva para evitar tumultos.

— Exatamente, para não haver perturbações; é vital que a operação transcorra ordeiramente do começo até o fim.

— Muito bem pensado, general.

— Ainda não lhe disse o mais importante, coronel. Nosso objetivo é ambicioso, de dimensão estratégica. Não se trata apenas de eliminar minorias indesejáveis, queremos adequar a força de trabalho ao novo modo de produção da agroindústria. O Brasil da Nova Ordem não precisa de 210 milhões de habitantes. Basta um mercado interno de 30 milhões de famílias, já que o agronegócio é voltado essencialmente para a exportação.

O coronel escuta em silêncio reverencial. Nunca ouvira nada sobre esse objetivo.

— Em outras palavras, Ariovaldo, o Brasil tem povo demais. Se antes foi preciso importar negros da África e depois os italianos e os japoneses, hoje é preciso fazer o contrário, eliminar o excesso de gente. As grandes culturas estão totalmente mecanizadas, só a laranja e o arroz de brejo ainda necessitam trabalho manual, mesmo assim temporário.

— Entendo, mas os serviços, o transporte...

— Está quase tudo automatizado.

— E as fábricas, general?

— As poucas que ainda restam serão fechadas; eram todas subsidiadas de um jeito ou de outro; o Brasil não precisa de indústria, coronel Ariovaldo, exceto, como bem estabelece o édito, para equipamentos agrícolas, produção da ração humana e sacaria. Entendeu, agora, a importância da operação Cândida?

— Perfeitamente, general e agradeço a confiança em mim depositada, mas...

Ariovaldo ainda hesita. Calcula mentalmente, trinta milhões de famílias, cada uma com dois filhos em média, somam 120 milhões de habitantes... sobram 90 milhões... seria preciso eliminar 90 milhões...sente um sufoco, engole em seco. Está lívido. O general, de olhar fixo no rosto de Ariovaldo, percebe sua perturbação.

— Qual o problema, Ariovaldo?

— Noventa milhões... eliminar noventa milhões, não é possível general, ou melhor, com todo o respeito, não é factível...

— Como não? Os alemães deram conta de seis milhões de judeus em menos de três anos, dois anos e meio, se tanto... em plena guerra, debaixo de bombardeios, isso sem contar os russos e poloneses, que foram outros tantos milhões.

— De fato, visto assim, é espantoso.

— E eles não dispunham de um mar aberto, o Báltico, como você sabe, é confinado, o Mar do Norte corre de fora para dentro; tiveram que incinerar, dois ou três de cada vez, imagine a trabalheira! E o custo! Antes de incinerar ainda tinham que gasificar ou fuzilar.

— De fato, não tinha pensado nisso.

— E você já imaginou o dano psicológico dos agentes, tendo que fuzilar, tendo que remover cadáveres? Nós não precisamos nada disso, nosso programa é impessoal, limpo, é um saneamento demográfico, não ficam nem ossadas, o mar devora tudo e quase sem custos, isso tudo foi estudado, Ariovaldo, muito bem estudado. Nosso modelo é o chileno, despejar em alto mar, além disso, nós dispomos de todo o tempo necessário.

— Quanto tempo, general?

— O horizonte da operação é de doze anos.

Ariovaldo faz novo cálculo rápido.

— Mesmo assim general...doze anos... isso dá mais de sete milhões por ano.
— O prazo pode ser prorrogado, retruca o general.
— E haverá outras ações, vamos deportar os negros retintos para a África, de onde nunca deveria ter saído, os chamados azulões, e haverá banimentos de indesejáveis, vamos expulsar bolivianos, argentinos, vamos acelerar a esterilização das mulheres pobres, enfim, um conjunto de ações
— Entendo...

Aos poucos, o coronel Ariovaldo recupera-se do susto. Sente o sangue voltar à face. Ao mesmo tempo, percebe que está penetrando no círculo mais íntimo do poder.

— Quanto à Igreja, coronel, faça o seguinte, mande parte das crianças para orfanatos católicos. Assim damos a eles uma compensação e uma tarefa.
— Bem pensado, general.
— Afinal, não somos desumanos.

XV.

AS ATIVIDADES CLANDESTINAS DE
PADRE BARTOLOMEU. A REDE DE INFORMAÇÕES DOS
DOMINICANOS. A QUEDA DO PADRE

Padre Bartolomeu dá duas voltas na corda para firmar bem a valise no bagageiro, baixa o capacete, monta na Yamaha e pisa no pedal de partida. O sol já está a meio prumo e o padre tem pressa. Oficiara a missa da manhã para não despertar desconfiança. Por isso se atrasou.

A igreja de Monte Mor é antiga e pobre. Depois da debandada dos sitiantes, empobreceu ainda mais. A sacristia é despojada, não tem nenhum aparelho elétrico. Não tem computador. Padre Bartolomeu quer datilografar o relatório no escritório da ordem dos dominicanos em Campinas em tempo de pegar o ônibus das três para São Paulo. Mais tardar, o das quatro. Precisa entregar o relatório na livraria Duas Cidades, que fecha às seis. A livraria fica no Arouche e ele não gosta de atravessar São Paulo na moto. Por isso, sempre deixa a moto em Campinas e vai e volta de ônibus.

A livraria é segura, já em Campinas é preciso cuidado. Sabe-se que o convento está sendo vigiado. Padre Bartolomeu já mandara relatórios antes, mas nunca tão detalhados como o desta vez. E nunca com tanta comprovação. O sargento tinha as listas dos padres e dos delegados, deu a localização exata do tal centro, disfarçado de fábrica, os nomes dos chefes, o código da operação. Deu até o nome de algumas vítimas. Assim que o sargento caiu no sono, ele colocou por escrito e fotografou as listas.

Às três da tarde Padre Bartolomeu termina de datilografar. Omite o nome do sargento e o modo como obteve as informações para não violar acintosamente o sacramento da confissão. E também porque não é necessário. As fotografias e a profusão de detalhes bastam para dar autenticidade ao relato.

Sai do convento por uma portinhola do jardim dos fundos e caminha até a rodoviária. São apenas cinco quarteirões. Caminha naturalmente para não chamar a atenção. Padre Bartolomeu não veste batina, usa tão somente a gola clerical. Isso também ajuda. Consegue alcançar o ônibus das três e meia e senta-se à janela, com a valise apertada no colo. Viagem curta, pouco mais de uma hora de Campinas a São Paulo, ônibus comum de assento reclinável. Pouco depois, um senhor pede licença muito educadamente e senta-se ao seu lado.

O bispo é da ala carismática, por isso tinham criado aquele canal com o Vaticano que não passava pela diocese de Campinas. A Ordem dos Dominicanos é alinhada com Teologia da Libertação, que alguns chamam de Igreja do Povo. Apoia discretamente os utopistas. Padre Bartolomeu não tem opinião formada sobre os utopistas. Nutre simpatia pela campanha contra a usura dos bancos e a dívida compulsória, mas teme que sejam todos dizimados, e isso o angustia. Os fatos relatados pelo sargento transcendem o apoio ou não aos utopistas. São muito graves. Extremamente graves. Precisam ser denunciados.

O senhor simpático que sentara ao seu lado interrompe suas reflexões entabulando uma conversa banal sobre religião. Tenho muita consideração pela Igreja, mas não sou praticante, ele diz. Minha mulher e minhas filhas, sim, vão diariamente à missa. Minha nora é evangélica, da Igreja Universal, a igreja da Nova Ordem, mas nós continuamos católicos.

Pelo terno escuro e a gravata listrada Padre Bartolomeu deduz que o homem é um empresário ou um profissional liberal, advogado, ou gerente de banco. Teme que o tagarela pergunte o que ele vai fazer em São Paulo e prepara-se para responder com naturalidade que vai a uma consulta médica. Mas o senhor simpático nada pergunta.

Quando o ônibus estaciona na rodoviária de São Paulo e os passageiros começam a se levantar, o senhor simpático apressa-se a pegar a maleta do padre. Deixe que eu o ajude, padre, passe à frente que eu levo a maleta. E o conduz a sua frente, segurando firme no seu braço, quase como se o estivesse empurrando. Padre Bartolomeu agradece a gentileza. Só então percebe os dois homens à porta do ônibus trajando os mesmos ternos escuros do seu simpático vizinho de viagem e conclui que está sendo preso.

XVI.

A CONSAGRAÇÃO DE ARIOVALDO
E A IMPLANTAÇÃO DO PROGRAMA
NACIONAL DA PSICANÁLISE APLICADA

Obcecado pelas pesquisas, Ariovaldo já não dorme em casa. Graças à touca de neuro-sensores e à abertura de caixas cranianas, acumulou conhecimentos suficientes para propor uma nova ciência, a Onirossomalogia, fusão dos radicais oniro (sonho), soma (corpo) e logos (ciência). Ariovaldo descobriu que dor nada tem a ver com emoção, é apenas uma das formas de sentirmos o corpo.

As emoções são classificadas pela Onirossomalogia em duas espécies, as que não dependem diretamente da convivência com outros humanos, como a tristeza, a nostalgia e a alegria, e as que dependem, como a vergonha, o desprezo, a compaixão, o ciúme, o ódio. Estas, em sua maioria, resultam de relações de poder, dominância, subordinação ou conformidade.

A maior parte dos estudos do coronel médico Ariovaldo permaneceu secreta. Seus informes só circulavam no aparelho de Estado. Contudo, bastou ele publicar dois artigos científicos sobre temas cuidadosamente pinçados no *New Journal of Neurology*, para se tornar referência no campo da psiquiatria e do estudo das desordens do sono, inclusive alucinações. O artigo sobre o Reflexo Condicionado Dormente (RCD) consagrou-o. Tornou-se figura chave em congressos científicos. Naturalmente ocorreu-lhe candidatar-se à presidência da Sociedade Brasileira de Psicanálise e Psiquiatria. Porém, o General Fagundes relutou. A existência de uma rede de psicanalistas-informantes era um segredo de Estado. Não seria melhor manter assim? Para que arriscar? Ariovaldo ponderou que ao dirigir a sociedade teriam mais poder. Poderiam, por exemplo, adaptar o código de ética da categoria aos objetivos do Departamento. E ficaria mais fácil credenciar novos psicanalistas-informantes e assim multiplicar rapidamente a coleta de informações. Em pouco tempo, acabariam com os utopistas e as Forças Armadas poderiam se dedicar aos seus novos objetivos estratégicos.[20] Esse argumento convenceu Fagundes.

---

20 O Édito11/2019 da Nova Ordem Militar tornou o serviço militar obrigatório para o sexo masculino e estendeu sua duração para três anos. Essas mudanças decorreram do Tratado de Cooperação Militar Nova Ordem x EUA, ao qual se seguiu a criação da NATO-Cone Sul, com o objetivo de estender a Nova Ordem a todo o subcontinente Sul-Americano, excetuadas as Guianas. Pelos planos do Estado Maior elaborados em conjunto com o Comando Sul do Exército dos EUA, num horizonte de não mais que três anos serão ocupadas a Venezuela, a Bolívia, Paraguai e Uruguai. Numa

Uma semana depois, o Estado Maior passou a Ariovaldo a relação dos psicanalistas informantes, para que pudesse montar a chapa e fazer uma campanha vitoriosa. Eles já eram 270, distribuídos em 18 capitais de Estado e regiões metropolitanas. Com doze de mais prestígio, seis titulares e seis suplentes, Ariovaldo montou sua chapa. Graças à divisão dos psicanalistas em dois grupos rivais e irreconciliáveis, os lacanianos e os freudianos, venceu com margem confortável de votos.

Como ato inaugural de sua gestão, introduziu no código de ética a obrigação de todo psicanalista comunicar à ANVISO tendências homossexuais, suicidas, homicidas ou de subversão à Nova Ordem de seus pacientes. Passados três meses, publicou o Manual Geral de Orientação Psicanalítica, para a adequação e conformação dos pacientes aos valores permanentes da Nova Ordem.

O sucesso do programa dos psicanalistas informantes foi de tal monta que o Estado Maior decidiu universalizá-lo. Estende-o a todas as cidades com mais de 50 mil habitantes e o tornou compulsório para todos os rapazes. Ao terminar o ensino fundamental e antes do serviço militar, o jovem atende sessões de psicanálise semanais durante três meses sob pretexto de aferir suas

---

segunda etapa serão ocupados o Equador e o Peru. Na Argentina e no Chile a Nova Ordem seria implantada por meios indiretos, sem recurso à ocupação militar.

habilidades vocacionais, mas em verdade com os objetivos de mapear suas amizades e identificar utopistas.

Assim surgiu o Programa Nacional da Psicanálise Aplicada da Nova Ordem (PANO). Mulheres são isentas do PANO, por serem consideras intelectualmente incapazes. Pelo mesmo motivo, já haviam sido isentas do novo Serviço Militar da Nova Ordem.

XVII.

OS EXPERIMENTOS COM GÊMEOS UNIVITELINOS E A DESCOBERTA DE QUE SONHOS SÃO MOVIDOS POR DESEJOS E PAIXÕES

Certa noite, já quase ao amanhecer, ao comparar o sistema nervoso central de dois gêmeos de comportamentos discrepantes, um hiperativo e o outro autista, Ariovaldo vislumbra pela primeira vez a possibilidade de suprimir desejos e sentimentos de um humano. A cientologia já postulava que é possível driblar sentimentos. Deveria ser possível induzir a isso com comandos eletromagnéticos

Ariovaldo passou a estudar o sonho como atividade programada do cérebro. Descobriu que desejos e paixões são as forças psíquicas motoras dos sonhos. E que a região do cérebro chamada mancha azul, fundamental na atividade onírica, é também a que modula paixões e desejos e certos comportamentos.

Erigiu, então, um novo objetivo para si ainda mais ambicioso do que a captura dos sonhos: nada mais nada menos que produzir mentes dóceis, desprovidas de paixões e inquietações, mentes passivas, que apenas retenham o que lhe é dado. Porém, que não reduzam o indivíduo a meros robôs. Anular sua individualidade sem anular suas habilidades. Uma façanha científica que faria dele o Freud da Nova Ordem.

Passaram-se, porém, muitos meses até Ariovaldo conseguir modular canais neuronais, obstruindo alguns e amplificando outros. Constata que é possível suprimir memórias sobrepondo uma nova narrativa sobre à já armazenada. Mas que é extremamente difícil, quase impossível, anular desejos e sentimentos, de modo a fixar ou suprimir estados emocionais. Constata que desejos vêm acompanhados de sentimentos, por exemplo, o desejo de vingança com o sentimento de ódio, o desejo sexual com o sentimento de amor. Pode-se suprimir o desejo de vingança sem que se anule, ao contrário, até se exacerba o sentimento de ódio.

XVIII.

A CRIAÇÃO DO CHIP DE CUSTOMIZAÇÃO
DE HUMANOS E SUA INCORPORAÇÃO AO
PLANO NACIONAL DE PSICANALISE APLICADA

Devido à inexistência de cursos de psicanálise, fechados há muito pela Nova Ordem, o Plano Nacional de Psicanálise Aplicada (PANO) travou por falta de psicanalistas. O Estado Maior criou então um MBA na Academia Militar das Agulhas Negras que passou a credenciar psicanalistas em apenas oito meses.

Como base curricular, foi adotada a corrente Behaviorista Radical da Psicanálise, tal como concebida por seu fundador, o inglês John Watson e refinada pelo americano Frederik Skinner. O objetivo da análise behaviorista radical é a previsão e o controle do comportamento. O behaviorismo considera que certos comportamentos, como rebelar-se ou rejubilar-se, dependem de situações públicas, sendo, portanto, manipuláveis. O comportamento é aferido por meio de respostas a estímulos em ambiente controlado.

Ao participar da formulação do currículo, Ariovaldo percebeu que os princípios do behaviorismo se aplicavam diretamente à sua linha de pesquisa com gêmeos univitelinos, visando a modulação e controle dos sentimentos de um humano. O exército americano já havia tentado controlar sentimentos de seus soldados, quando invadiu o Iraque, através de um chip cerebral – um programa chamado DARPA. Mas precisou abandonar o programa por não poder intervir nas caixas cranianas dos soldados, conforme foi explicado a Ariovaldo.

Aqui não havia essa limitação. E, obtido um chip eficaz, seria possível fazer das novas gerações uma população dócil, passiva, que aceitará o que lhes for dado e fará o que lhes for ordenado sem contestar; e assim a dominação pelo medo e pela coerção dará lugar à uma dominação espiritual e pacífica, disse Ariovaldo na sua exposição ao Estado Maior. Ficaram encantados. Deram-lhe carta branca e toda a verba que pediu.

Ariovaldo importou dos Estados Unidos e examinou minuciosamente implantes cocleares para compensar perda auditiva severa e profunda e para doentes com mal de Parkinson. Foram seu ponto departida para a criação do chip. Esses implantes consistem de um processador externo que pode ser ajustado para cada pessoa e um eletrodo que penetra até a superfície do tronco encefálico.

Após meses de pesquisas extenuantes, sacrificando grande número de cobaias e valendo-se de dados do DARPA, e dos especialistas em nanotecnologia, Ariovaldo finalmente conseguiu produzir um chip processador. Feito de finíssimas folhas de silício biodegradáveis e não maior que um grão de areia, ao ser implantado no córtex das cobaias, o chip obteve resultados espetaculares: removeu memórias especificas, criou euforia, imprimiu e suprimiu valores e ditou diretrizes comportamentais. Ariovaldo chamou-o de chip de Customização de Humanos (CCH) e o patenteou.

Programado para filtrar as ações críticas da mente e direcioná-la para os estados conformistas, o CCH foi testado durante oito meses em sucessivas experiências, de escala crescente, incluindo grupos de controle. Os resultados se confirmaram. Só então, o Alto Comando decidiu incorporar o CCH ao PANO. Todo jovem, ao final do tratamento psicanalítico de três meses, passou a receber o CCH, sob o pretexto de um aperfeiçoamento mental e cognitivo, conformando-o aos valores da Nova Ordem. A cirurgia do implante é feita sob anestesia geral e dura pouco mais de uma hora.

Nos casos de resistência ao implante são usados os truques da psicologia reversa que induzem o recalcitrante a fazer aquilo que se deseja, propondo a ele o contrário. Se ainda assim o jovem recusa o implante, é encaminhado para o descarte (banimento, deportação ou liquidação).

Porém, passado algum tempo, registraram-se alguns episódios de regressão e rebeldia. Ariovaldo concluiu que era preciso repetir o implante quando o cérebro da pessoa já não mais se altera e ficaram para trás as perturbações próprias da adolescência. Ou seja, depois dos 20 anos. Nasceu-se então o PANO II.

No PANO II, um novo chip de customização é implantado nos varões ao término do serviço militar, em substituição ao que receberam ao se alistar. Diferentemente do provisório, o chip definitivo não é biodegradável. Acompanhará a pessoa pelo resto da vida. Após a customização definitiva, a pessoa recebe o Certificado de Pessoa Customizada (CPC), necessário para obter emprego não manual ou ingressar no serviço público, e seus dados e sua biometria completa são inseridos no Cadastro Básico da Pessoa Customizada.

XIX.

JULGADO, CONDENADO E DEGRADADO,
HUMBERTO FAZ UM BALANÇO DE SUA
VIDA, NÃO SE ARREPENDE DE NADA

De pé, hirsuto e compenetrado, o coronel Humberto aguarda a sentença. Não sabe do que é acusado. Está curioso e apreensivo. Pensara, de início, que era coisa de mulher, dada a moralidade fundamentalista da Nova Ordem, e as câmeras de vigilância em todas as entradas de hotéis... alguma acusação boba de quebra de decoro, assédio. Mas os dias foram se passando e a solitária não foi relaxada. Solitária! Não permitiram nem a visita das filhas. Doze dias a ração e água. Sem nenhum contato humano. Sentiu-se humilhado, vilipendiado. Ainda assim, julgou que tudo não passava de um engano, um equívoco que logo se esclareceria.

Na solitária repassou suas últimas aventuras amorosas e concluiu que não tinha nada a ver com mulher, nem mesmo com a Marilda. Sabia que a Marilda tinha caso com o general Fagundes e chegou a pensar em retaliação, ciúmes. Mas ele conhecia o Fagundes de longa data. Desde que o filho o repudiara e se mandara para o exterior, ele vivia só para a Nova Ordem, perdera o interesse por família, por mulher, se afastara até da Germana. O caso com a Marilda era apenas fisiológico.

Tinha que ser alguma falta em serviço. Repassou o serviço. Não devia ter criticado a operação Cátedra. Foi um erro. Foi por causa do choque, quando a mulher disse que tinham levado o Pessoa. Não se conformou. Pessoa era gente fina. E tio-avô da mulher. Mas devia ter mantido a boca fechada. Ficaram de olho nele. Aí aconteceu o sumiço do Chico Messias. A deserção. Não era o responsável direto, mas levou a culpa. O Messias sabia demais, não podia ter acontecido, já passara do prazo de uma queima preventiva de arquivo, disseram. Acontece que o Chico Messias era imprescindível. Assim que se confirmou a deserção, ele ainda tentou a queima de arquivo, mas era tarde demais. O Chico sumira como se a terra o tivesse tragado. Sempre eficiente. Ironias de vida.

Agora, ali, de pé, percorrendo a mesa com olhos tensos, major Humberto se convence de que a acusação tem a ver com a deserção do Chico Messias e que é grave. Ali estão sentados três generais, um de cada arma, mais o Fagundes, mais dois civis togados, certamente juízes do Superior Tribunal Militar. Uma Corte Marcial das pesadas, para julgar coisa pesada. E secreta, num pátio fechado, com um único acesso, estreito e quase escondida numa quina dos fundos. Só ele, os juízes, dois praças e um baterista. Será que a acusação é de traição? Lembra-se do rumor, na véspera da prisão, de que um relatório denunciado a fábrica havia chegado às mãos dos europeus.

Os generais na mesa conversam em voz baixa. Major Humberto sorri intimamente. Outra ironia. Pagava pelo que não quis fazer, porém acabou fazendo. Ele que abominava maus tratos, até mesmo a animais, quanto mais seres humanos. Ele que fez de tudo para que o centro usasse a ciência e não a força bruta. Mas foi se deixando levar, por inércia, para não ser discriminado... sabe-se lá porque... tantas razões... e por deferência à autoridade, é claro. Jamais passou pela sua cabeça desobedecer a ordens superiores.

Não, não foi por inércia, nem por lealdade à Nova Ordem, foi por ambição, por vaidade, para não ser preterido. Tenta se lembrar de como tudo começou. Quando lhe ofereceram a direção da fábrica junto com a dupla promoção, de major a coronel, pulando a e tenente-coronel. Lembra-se de ter se surpreendido. Chegou a cogitar que precisavam dele para dar cobertura. Um oficial tríplice coroado, primeiro lugar na Escola de Cadetes, primeiro lugar na Amam, primeiro lugar na ESG. E um Cardoso de Lima, filho e neto de generais. Ou sabiam do seu espiritismo e precisassem neutralizá-lo. O motivo já não importa. Ali começou a perda de seus referenciais. O resto foi decorrência. Veio vindo e ele foi aceitando. A tirania do cotidiano. Sem tempo para pensar. Sente remorsos? Não. O remorso é uma culpa não expiada. Que culpa poderia ter? Era um servidor, obedecia a ordens, e a subversão utopística precisava ser esmagada. Os fins justificavam os meios.

O ajuste demográfico também era necessário. Limpar os excedentes humanos para ter um espaço vital sadio. Culpa pessoal também não tem. Pessoalmente, não maltratou ninguém. Não levantou um dedo contra uma única pessoa. Culpa moral? Talvez. Sabia das atrocidades, sancionava. Mas nunca se portou como alguns que passaram a gostar do que faziam.

Súbito, cessam os sussurros na mesa e o general Fagundes se ergue. Lê a sentença em voz pausada.

Por unanimidade, esta corte declara o réu coronel Humberto Cardoso de Lima Ferraz culpado do crime de traição à Nova Ordem por infringir o artigo 141 do Código Penal Militar que pune com quatro a oito anos de reclusão o contato não autorizado com potência estrangeira e o artigo 326 do Código Penal Militar que pune como seis meses a dois anos de detenção a revelação de fato que deva permanecer em segredo.

Esta corte decide pela pena cumulativa de dez anos de reclusão em estabelecimento militar, em regime fechado sem direito a remissão; outrossim, declara o coronel Humberto Cardoso de Lima Ferraz indigno para o oficialato, com decorrente perda de função e patente, degradação e expulsão dos quadros do Exército. Proceda-se.

O general Fagundes senta-se. O baterista rufa seu tambor. Os dois soldados se adiantam com passos cadenciados, postam-se na frente do coronel Humberto, batem os calcanhares e passam a arrancar suas dragonas, seus galões, suas fitas de condecorações. Em seguida, arrancam um a um os botões de seu dólmã. Depois, um deles toma seu quepe e o outro toma sua pistola de oficial. Os soldados batem outra vez os calcanhares, dão meia volta e se afastam com os mesmos passos cadenciados. Ao atingirem o lugar de onde haviam saído, cessa o rufar do tambor. A cerimonia de degradação está encerrada.

Os juízes se erguem e se retiram, com movimentos lentos, um tanto solenes, em silêncio. Em seguida o baterista se retira, e logo os dois soldados também se retiram. No pátio, as sombras da tarde se alongaram. O coronel Humberto está só. Seus olhos, agora cansados, percorrem as paredes do quartel. Todas as janelas estão fechadas. Não há viva alma. Ele não se move. Passam-se minutos. Cinco. Dez. Um sargento surge da mesma porta estreita por onde todos tinham saído e o conduz. Na cela, Humberto dá com sua pistola sobre o catre. Entende a mensagem. Ergue a arma e dispara um tiro dentro da boca.

XX.

O RISCO DE COLAPSO DA NOVA ORDEM E A
CRIAÇÃO DO CHIP DE CUSTOMIZAÇÃO
DE HUMANOS DIRIGENTES

Assim como o primeiro programa da Psicanálise Aplicada quase parou por falta de psicanalistas, dois anos depois da implantação do PANO II deu-se falta aguda de quadros dirigentes. Não se apresentavam candidatos para as vagas de dirigentes que adoeciam ou morriam ou se aposentavam. A nova geração estava toda ela customizada para obedecer. Também começaram a faltar médicos e outros profissionais que precisam ter capacidade de iniciativa.

Coube a Ariovaldo achar a solução. Em tese, bastaria substituir, no chip de customização, os estímulos de obediência e conformismo por outros de determinação e autoconfiança. Todavia, as primeiras experiências mostraram que não era fácil formatar uma mente vocacionada para comandar os de baixo, sem desobedecer aos de cima.

A Nova Ordem corria o risco de colapsar por falta de quadros dirigentes. Deixar de implantar o chip levaria a um brutal retrocesso. Teriam que reimpor a repressão física, sem nenhuma garantia de paz e ordem. Poderia até eclodir uma nova subversão utopística. Iniciou-se uma corrida contra o tempo. A pressão sobre Ariovaldo foi enorme. Ele praticamente deixou de dormir em casa.

Passaram-se três meses de altos e baixos, ajustes e desajustes, até Ariovaldo chegar à programação ideal do novo chip. Assim nasceu o Chip de Customização de Humanos Dirigentes (CCHD). O chip original passou a ser chamado de Chip de Customização de Humanos Conformados (CCHC). Quase tão difícil quanto criar o novo chip foi decidir quem o receberia. As avaliações do PANO ajudavam, mas não bastavam. Era preciso cruzá-las com dados de linhagens. Até que alguém se lembrou do software do capitão Gonçalves do Estado Maior, que cruzara dados de patrimônio familiar com a ideologia do pai para identificar as estirpes da dominação oligárquica. O capitão – já agora major Gonçalves – atualizou seu algoritmo e passou a abastecer periodicamente o PANO II. Assim se criou o sistema diferenciado de customização humana, copiado por vários países, que permitiu à Nova Ordem a formar uma sociedade harmônica, na qual o povo submete-se prazerosamente às ordens da elite dirigente.[21]

---

21 Nossa história já terminara havia anos quando a Nova Ordem introduziu uma terceira etapa de reprogramação do chip de customização, um formidável aperfeiçoamento permitindo a inserção estímulos ao suicídio em idosos com indícios precursores de demência, Mal de Alzheimer e Mal de Parkinson.

XXI.

ANGELINO ENCONTRA O REVÓLVER
LARGADO PELO SARGENTO MESSIAS.
O SUMIÇO DOS MORADORES DE RUA.
O JUSTIÇAMENTO DO GENERAL FAGUNDES

Angelino tem lugar cativo, debaixo da marquise do Banco do Brasil. Ali se estica logo que anoitece, sobre duas camadas de papelão, e cobre-se com a própria carroça, formando uma espécie de cabana. Os moradores de rua procuram dormir em grupos, para se protegerem da polícia e dos paramilitares que os atacam amiúde. Angelino dá se bem com todos, mas prefere dormir só, na sua marquise. Ali também pode ler um pouco, quando está sóbrio e lhe dá vontade.

Naquela sexta-feira, terminava a coleta do dia quando deu com o revólver, no último latão de lixo da última rua, bem à vista, sobre um atado de livros, como se alguém o tivesse atirado ali às pressas, sem tempo de encobrir, menos ainda de enterrar no fundo da lixeira. Parecia novo. Seu aço, negro, reluzia. A empunhadura, puxando para o azul, também brilhava.

Angelino já encontrou de tudo em lixeiras, nunca um revólver. Tomou-o nas duas mãos, como se fosse um pássaro delicado, acariciou a alça de mira com a ponta do indicador, procurou inutilmente alguma incisão, um nome, uma inicial. Só tinha a marca, Taurus.

Abriu, curioso, o tambor e girou. Continha duas balas. Enfiou o Taurus no bolso e se afastou ligeiro, puxando a carroça até o depósito. Entregou distraído a carga do dia, quase só de livros. Recebeu do Zacarias os 25 reais e alguns centavos, sem conferir. Só pensava no revólver pesando em seu bolso. Ao Zacarias, nada disse.

Angelino nunca teve revólver, nem quando era engenheiro no estaleiro e tinha que viajar toda a semana para o litoral. Depois que o filho de 12 anos morreu atropelado por um caminhão na Rio-Santos e a mulher o largou levando a filhinha de oito, começou a beber. Quando se deu conta, já tinha virado alcoólatra. Para se livrar do vício procurou o Centro de Atendimento Psicossocial do SUS. Conseguiu se segurar. Duas sessões por semana, às vezes, três. Já estava quase um ano sóbrio quando o centro fechou. Procurou outro, mas a Nova Ordem tinha acabado com o SUS.[22] Ainda tentou os Alcoólatras Anônimos, mas não suportou o ambiente.

---

22 O Sistema Único de Saúde (SUS) foi extinto pelo Édito 12/2019 que dispôs sobre a Nova Ordem da Saúde. O artigo 1 do Édito extingue o Ministério da Saúde, a Escola Nacional de Saúde Pública, o programa Mais Médicos, o Programa Saúde da Família (PSF) e a Farmácia Popular; o artigo 2 dissolve os Conselhos de Saúde; o artigo 3 extingue as Unidades Básicas de Saúde (UBS); o

Quando não bebe, Angelino se cuida mais ou menos, dorme em albergue, faz planos, até que alguém pisa nele ou ele tem um pesadelo, aí começa tudo de novo. Da última vez foi por causa do Tito, que ele ganhara ainda filhote e vinha cuidando como se fosse filho. Levaram o Tito sem ele perceber. Devem ter atraído o cãozinho com um naco de carne. Quando roubam cachorro de morador de rua, é prenúncio de maldade ainda pior; voltam para espancar, ou atear fogo. Filhos da puta. Acaricia o revólver. Com o advento da nova ordem desandou de vez; os vigilantes e os paramilitares atacam aos bandos e a polícia não se mexe. Desta vez, se vierem, estou preparado. Angelino decide ir para bem longe. Essa noite não vai dormir na sua marquise. Caminha mais depressa do que habitualmente, empurrando o carrinho vazio. Andam acontecendo coisas estranhas. Primeiro, os santinhos. Depois roubaram o Tito. Agora, esse revólver no lixo.

Decide pela marquise do Santander, a cinco quadras dali, do outro lado da avenida. Costuma estar tomada, mas com sorte terá uma vaga. Conhece alguns de lá, o Baianinho, a Inez, o Sid. Lá chegando, se espanta. Não tem viva alma. Cadê todo mundo? Próximo ponto é o viaduto, três quadras adiante. Lá encontra o

---

artigo 4 transfere para capitais privados os Ambulatórios e Hospitais do SUS e os Hospitais Universitários.

Sid e mais um que não conhece, um preto velho de carapinha branca.

O Sid conta uma história esquisita. Diz que o Baianinho sumiu e ninguém sabe para onde foi. A Maria, que anda com ele, contou que uns homens levaram o Baianinho, mas não sabe explicar. Só diz que um deles era fardado. O dono do bar que deixa o Sid usar o banheiro, e às vezes lhe dá um prato feito, disse que o governo não quer mais morador de rua. Deu na televisão. Vão fechar os albergues. Um tal general Fagundes, bigodudo, todo importante, falou que morar na rua é anti-higiênico. Falou que o governo vai dar uma chance aos que se apresentarem. Vão receber trabalho e aprender a ler e escrever. Nas ruas não dormem mais. Se apresentar aonde?, pergunta Angelino. Ah, isso não deu para pegar, ninguém sabe, diz o Sid. O pessoal tá escondido por aí, nos becos mais escuros. A Bia procurou aquele padre amigo dela. Há dois dias que não aparece. Esse preto velho não sabia de nada, quando contei, ele desdenhou. Eu vou voltar pra Bahia, tenho meu irmão lá, você vai fazer o quê?, Sid pergunta ao Angelino.

— Não sei, vou andar um pouco por aí.

Larga o carrinho para o Sid.

— Não vou precisar mais disso.

E se enfia pelas ruas da zona. As putas lhe parecem inquietas. Fitam ora uma extremidade da rua, ora outra, como se temessem uma batida da polícia. A putaria também aumentou de uns tempos para cá. Uma coisa impressionante, umas meninas novinhas. Não devem ter nem doze anos. De onde será que vieram?

Angelino acha por bem sair dali. Vai para os lados da estrada de ferro. Caminha sem convicção, na cabeça apenas a intenção de evitar a polícia. Atravessa a ponte da estrada de ferro e envereda pelo Bom Retiro, evitando as proximidades da Avenida Tiradentes com seus quartéis da Policia Militar. Num banco do Jardim da Luz, senta-se para descansar. Ao lado, um resto de jornal exibe um militar de quepe e as palavras moradores de rua. Lê a notícia. A mesma que o Sid tinha ouvido do dono do bar. Depois retorna, em direção ao centro. Não vê um único morador de rua em todo o percurso, nem debaixo dos arcos da São Francisco, onde eles sempre dormiram enfileirados um ao lado do outro.

Faz algum tempo que não anda tanto pela cidade. Os cortiços e sobrados antigos que rodeavam a velha estação foram derrubados. Em toda a cidade estavam botando abaixo casas antigas para construir arranha-céus. No bolso de Angelino o revólver pesa a cada passo. Sente na mão o aço frio. Nas calçadas vazias seus passos ecoam. Cadê o pessoal? No átrio da Igreja da Consolação não há ninguém. Dali segue para a Avenida São Luiz.

Há tempos não caminhava como uma pessoa qualquer, sem empurrar uma carroça, sem catar livro, sem o Tito. A arma lhe dá uma sensação estranha de poder. Não possui nada, mas tem um revólver. Não manda em ninguém, nem nele próprio, mas apertando um gatilho poda matar alguém, até um general de quatro estrelas.

Acariciava o revólver quando o carrão preto para à sua frente e dele descem três militares. Dois se perfilam, o outro passa entre eles em direção à porta de um edifício de luxo. Angelino reconhece o militar da fotografia do jornal. Puxa o revólver do bolso e dá dois tiros. O general Lindoso Fagundes cai na frente dos ordenanças, paralisados pelo susto. Angelino foge em disparada, vira a esquina e desaparece na escuridão. Algumas janelas iluminam-se no edifício. De uma delas, Marilda vê seu general de todas as sextas feiras caído à porta do edifício e adivinha que está morto.

XXII.

EPÍLOGO
A INDESEJÁVEL SUPRESSÃO DOS SONHOS
E A DECORRENTE DEPRESSÃO DE ARIOVALDO

Apesar de suas descobertas e invenções espetaculares, e do sucesso do programa de customização de humanos, que alcançou fama mundial, Ariovaldo jamais conseguiu capturar um fragmento que fosse do conteúdo manifesto de um sonho. Começaram a lhe faltar cobaias. Presos subversivos, já não havia; a sublevação utopística fora há muito dizimada. E com o encerramento do programa de ajuste populacional cessaram os comboios de retirantes. Ariovaldo ainda tentou capturar os sonhos de pessoas presas por descuidos no trânsito, ou internadas devido a acidentes no trabalho. Foi quando se deu conta de que ao suprimir desejos e paixões, as forças impulsionadoras dos sonhos, o chip de customização havia suprimido os próprios sonhos. Na Nova Ordem, as pessoas tinham deixado de sonhar.

Dizem que foi esse o motivo da crise depressiva de Ariovaldo e da internação no pavilhão psiquiátrico do Hospital Central do Exército, no Rio de Janeiro, onde se encontra até hoje, sofrendo alucinações seguidas de surtos de hiperatividade. Nesses surtos escreve freneticamente horas e horas, às vezes até dez horas seguidas.

Não se sabe o que escreve. Nunca deixou que seus escritos fossem lidos. O rumor mais persistente é o de que se auto-injeta com doses cavalares de melatonina que o fazem dormir profundamente e, assim que desperta, põe-se a escrever o que sonhou.

– fim –

Instituições da Nova Ordem

ANDIVANO - Agência Nacional de Difusão dos Valores da Nova Ordem

ANVID - Agencia Nacional de Vigilância Digital

ANVISO - Agência Nacional de Vigilância Social

CCHC - Chip de Customização de Humanos \ Conformados

CCHD - Chip de Customização de Humanos Dirigentes

CPC - Certificado de Pessoa Customizada

DOI-CODI - Departamento de Operações da Inquisição-Centro de Operações de Defesa Interna

DEPREVANO - Departamento de Preservação dos Valores da Nova Ordem

ECONEC - Economia Neoliberal Coercitiva

LPPS - Laboratório de Pesquisas Psicossomáticas do Sono

PANO - Programa Nacional da Psicanálise Aplicada da Nova Ordem

PANO II - Segundo Programa Nacional da Psicanálise Aplicada da Nova Ordem

POP - Programa da Nova Ordem Populacional (PNOP)

RH - Ração Humana

Agradecimentos

Aos que leram os originais e palpitaram: Carlos Knapp, Cláudio Cerri, Enio Squeff, Marcius Cortez, Flamarión Maués, Venício de Lima, Avraham Milgram e minha mulher, Mutsuko.

Alameda nas redes sociais:
Site: www.alamedaeditorial.com.br
Facebook.com/alamedaeditorial/
Twitter.com/editoraalameda
Instagram.com/editora_alameda/

Esta obra foi impressa em São Paulo em 2019, primeiro ano de governo do presidente Jair Bolsonaro, apologista da Ditadura Militar Brasileira.

No texto foi utilizada a fonte Electra em corpo 11,8 e entrelinha de 16,8 pontos.